KB265720

氷魔傳說
빙마전설

빙마전설 3

요도 김남재 新무협 판타지 소설

초판 1쇄 찍은 날 § 2007년 2월 6일
초판 1쇄 펴낸 날 § 2007년 2월 16일

지은이 § 요도 김남재
펴낸이 § 서경석

편집장 § 문혜영
편집책임 § 서지현
편집 § 심재영

펴낸곳 § 도서출판 청어람
등록번호 § 제1081-1-89호
등록일자 § 1999. 5. 31
어람번호 § 제2-1122호

주소 § 경기도 부천시 원미구 심곡1동 350-1 남성B/D 3F (우) 420-011
전화 § 032-656-4452 팩스 § 032-656-4453
http://www.chungeoram.com
E-mail § eoram99@chollian.net

ⓒ 요도 김남재, 2006

ISBN 978-89-251-0464-5 04810
ISBN 89-251-0461-X (세트)

氷魔傳說
요도 김남재 新무협 판타지 소설
Fatastic Oriental Heroes
빙마전설
3
도서출판 청어람

목차

第一章

개파(開派)

　소요문의 문주인 백양천(白陽天)은 차를 즐기는 사람이다. 제법 다도(茶道)를 안다고 자신하는 그는 오늘도 서재에 앉아 조용히 차를 마시고 있었다.

　그는 사천성 몽산에서 나는 몽정감로차(蒙頂甘露茶)의 향을 음미했다.

　몽정감로차는 조정에 공물로까지 바치는 귀한 차다.

　돈이 있지 않다면 결코 쉽사리 구할 수 없는 물건이 바로 몽정감로차다.

　조용히 차의 향을 즐기던 백양천의 표정이 변했다. 시끄럽게 울려 퍼지는 발자국 소리 때문이다. 그가 화가 난 얼굴로 소리가 나는 방향을 바라봤다.

시끄러운 소리가 귀에 거슬린다.

'내가 차를 마실 때는 방해하지 말라고 했거늘.'

자리에서 일어난 백양천이 노한 표정을 지으면서 문가로 다가갔다.

급히 서재로 달려온 사내가 무릎을 꿇으면서 부복했다.

"문주님을 뵙습니다!"

"무슨 일인가?"

한마디 내뱉으려던 백양천은 무릎을 꿇은 자의 정체를 확인하고는 솟구쳐 올랐던 화를 눌렀다.

신풍객(神風客) 엄세걸(嚴世傑)은 백양천의 측근 중 하나다. 다른 자도 아닌 엄세걸이라면 평소 차를 즐기는 자신의 특성을 잘 안다.

알면서도 이리 급히 발걸음을 옮긴 것은 그만한 이유가 있다는 소리다.

무릎을 꿇고 있는 엄세걸이 머뭇거렸다. 보고를 해야 하는데 말하기가 다소 어렵다.

하지만 어차피 보고해야 할 일. 숨긴다고 해서 해결될 일이 아니다.

"나가셨던 셋째 도련님께서 장터에서 흠씬 두들겨 맞고 돌아오셨습니다."

"뭐라고? 이런 머저리 같은 놈이……!"

백양천의 낯빛이 휙 하니 바뀌었다.

자식이 당했다는 말에 딱딱하게 굳은 표정으로 그는 혀를 찼다.

"못난 놈이 소요문의 이름에 먹칠이란 먹칠은 다 하고 다니는구나! 그런데 마유는 뭘 했기에 그런 꼴을 당하게 했단 말이냐?"

"마 노인도 당했습니다."

"마 노인까지?"

커졌던 백양천의 목소리가 슬쩍 꼬리를 내리면서 줄어들었다. 평소 문제를 자주 일으키는 백자흠이었기에 그의 옆에 마유라는 절정고수 한 명을 두었다.

그런 그가 당했단다.

보통 놈들이 아니라는 소리다.

"뭐 하는 놈들에게 당한 것이냐."

"놈들이 아니라 한 놈에게 당했답니다."

"한 놈? 패거리도 아니고 고작 한 놈에게 여섯 명의 호위무사와 마유가 당했다고?"

"저도 믿기 어렵지만 그렇답니다. 문제는 그게 젊은 사내였다고 합니다."

백양천의 얼굴이 흉하게 일그러졌다. 호위무사 여섯 명과 마유를 동시에 꺾을 정도의 자는 소요문에서도 한 손으로 꼽을 수 있을 정도로 적다.

그런데 젊은 놈 하나가 그러한 일을 벌였다고?

믿기 어려운 일이다.

하지만 다른 곳도 아닌 사람들이 많은 장터에서 벌어진 일이다.

보는 눈이 많았으니 결코 헛소문은 아닐 게다. 그때 조심스럽게 엄세걸이 말을 이었다.

"가주님, 그놈이 천명검파의 이름을 입에 올렸답니다."

"천명검파?"

엄세걸은 무릎을 꿇은 상태에서 움찔했다.

갑작스럽게 방 안의 공기가 차갑게 변해 버렸다. 앞에 있는 백양천에게서 살기가 흘러나오면서 그의 몸이 딱딱하게 경직되었다.

온몸이 족쇄에 꽁꽁 묶인 것마냥 움직일 수가 없다.

천명검파에 남은 사람들의 생각대로 몇 년 전 문파를 멸문시킨 것은 소요문과 깊은 관련이 있었던 것이다.

당시 장문인이었던 천금용을 죽인 것 또한 지금 살기를 뿜어내고 있는 백양천이었다.

그가 과거의 회상에 잠시 젖어 있다가 이내 피식 웃으며 살기를 거뒀다.

"그래, 천금용 그놈에게 자식놈들이 있었지. 보이지 않기에 어디 멀리 도망친 줄 알았는데…… 꼴에 돌아온 건가?"

상황을 모르는 그로서는 사건을 일으킨 자가 천금용의 아들인 천인호라고 생각한 것이다.

그리 생각했던 백양천이 일순 드는 의문을 감추지 못했다.

그가 천금용의 핏줄이었던 남매에 대해 알고 있었기 때문이다.

"한데 그놈이 마유를 이길 정도의 실력자가 됐다고? 그리 대단한 무골은 아니었는데……."

"천명검파를 언급했을 뿐이라 했으니 천금용의 아들이 아닐 수도 있습니다."

"그렇겠지. 하지만 그놈의 자식들이 연관이 되어 있을 것은 분명할 게야. 그렇지 않았다면 굳이 천명검파의 이름을 들먹이지는 않았을 테니까."

천명검파는 다시금 청해성에 나타나서는 안 될 이름이다.

멍청한 짓이다.

복수에 눈이 멀었다고 해도 지금의 소요문에게 정면으로 도전해서는 이길 수 없다.

천명검파의 성세가 최고로 치솟았을 때도 그들은 상대가 되지 못하던 자들이다. 그런 자들이 지금 와서 나름 힘을 모았다고 해봤자 결과야 어차피 뻔한 것 아닌가.

그저 가벼운 발악에 불과하다.

결코 소요문에 상처를 입히지는 못할 거라 백양천은 확신했다.

"엄세걸! 놈들을 풀어서 주변의 상황을 알아봐. 천명검파에 관련이 있어 보이는 놈들에게는 모두 감시의 눈을 붙여. 하룻밤의 사냥감일 뿐이지만…… 내 집 앞에서 사냥감들이 뛰노는 것도 부끄러운 일이니까.”

“존명(尊命)!”

엄세걸이 고개를 푹 수그리면서 소리쳤다.

숙인 얼굴에서는 살짝 땀이 배어 나온다.

가볍게 웃음을 흘리고 있는 백양천이라는 사내에 대한 두려움 때문이다.

‘지독한 남자.’

지독히도 잔인하고 치밀한 사내다.

약한 자들을 상대할 때도 결코 약점을 보이지 않는다. 방심도 하지 않는다.

그나마 있을 수 있는 우연이라는 것을 완전히 없애 버리는 것이 바로 소요문의 문주인 백양천이라는 인물이었다.

나갔다가 돌아온 천인호가 장에서 벌어졌던 일에 대해 혈노와 흑죽파파에게 말했다.

그의 목소리는 상당히 들떠 있었다. 오랜 시간 숨죽이고 지내왔던 천인호로서는 그런 통쾌한 모습에 심장이 터질 듯 두근거렸다.

하지만 혈노와 흑죽파파의 표정은 다소 어두웠다.

천명검파의 이름을 그리 많은 사람이 보는 곳에서 외쳤다면 이미 소요문에도 그 정보가 들어갔을 것은 확실하다.

조만간 개파를 알리게 될 거라고는 생각해 왔지만 오늘의 사건은 다소 성급했다는 생각이 든다.

열심히 이야기를 하던 그는 이내 둘의 표정이 그리 좋지 않은 것을 알아차리고 말을 멈췄다.

"왜 그러세요? 무슨 일이라도……."

"조금 걱정이 돼서 그렇습니다."

그 둘이 무엇을 걱정하는지 천인호 또한 모르는 바는 아니다. 전혀 생각지도 못한 설무린의 등장으로 인해 몸을 숨기고 있던 천명검파가 다시금 세상에 드러나게 됐다.

갑작스럽게 흘러가는 이 상황이 그리 좋게만은 느껴지지 않을 게다.

설무린이 그러한 일을 벌임으로써 이제 천명검파는 소요문에게 다시금 견제 대상이 된 것이다. 지금쯤이면 아마 사방으로 자신들을 찾기 위해 수소문하고 있을 게다.

흑죽파파가 염려 섞인 목소리로 물었다.

"언제쯤 개파를 할지 알아둬야 할 터인데……."

"내가 가서 묻지."

혈노가 자리에서 일어났다. 그러자 천인호 또한 급히 그의 옆에 붙었다.

함께 가려는 듯한 기세다.

"도련님께서는 오지 않으셔도 됩니다. 제가 가서 대화를 나눠보지요."

"무슨 소립니까? 천명검파의 미래를 이야기하려는데 제가 빠진다면 말이 안 되죠. 저도 이제 어린아이가 아닙니다."

천인호가 제법 의젓하게 말했다.

혈노가 고개를 돌려 흑죽파파를 바라본다. 그녀가 슬며시 머리를 끄덕였다.

비록 경험도 미천하고 무공이 빼어난 것도 아니지만 그렇다고 해도 지금 천명검파의 장문인이 될 수 있는 자는 천인호뿐이었다. 자신들의 목숨을 이제는 천인호에게 걸어야 한다는 소리다.

"그럼 함께 가지요."

"예."

혈노 또한 이미 마음을 잡은 상태다.

다소 걱정이 되기는 하지만 설무린과 뜻을 함께하기로 한 입장이다.

천명검파는 다시금 세상에 나설 게다. 이제부터는 설무린을 믿는 수밖에 다른 방도가 없다.

그들이 가장 먼저 찾은 곳은 설무린이 머무는 거처였다.

혈노가 조심스럽게 문을 두드렸지만 안에서는 아무 소리도 들려오지 않았다.

혈노가 천인호를 바라봤지만 그는 자신도 모른다는 듯이 고개를 저었다.

방금 전에 같이 천명검파로 돌아왔기에 방에 있을 줄 알았 거늘 설무린이 자리에 없는 것이다.

"거참, 이곳을 나가신 건 아닐 터인데……."

만약 그가 장원을 나섰다면 문 쪽을 지키던 자에게서 연락 이 왔을 게다.

물론 설무린이 마음만 먹는다면 장원에 있는 그 누구도 그 가 들락날락한다 해도 알 수는 없지만 말이다.

"어? 무슨 일이에요?"

그때 옆에 있던 문이 열리며 천소소가 살짝 고개를 내밀었 다. 마침 잘됐다는 듯이 천인호가 물었다.

"안에 북 소저는 계시냐?"

"설 공자님이 가셨는데 언니만 이곳에 남았을 리가 없지."

"어딜 가셨는지 아니, 혹시?"

"오자마자 연무장에 가신다던데……."

"연무장?"

천인호와 혈노가 서로의 얼굴을 바라봤다.

장원에 있는 연무장은 문파의 것이라고 보기에는 다소 초 라했다.

그도 그럴 것이 애초에 많은 사람들이 머물지도 않았고, 또 그토록 커다란 연무장을 만든다는 이유 하나만으로도 주변의 눈초리를 받게 되기 때문이다.

숨을 죽이고 살아야 했던 천명검파의 입장에서는 눈에 드러날 만한 모든 일을 배제해야만 했다.

그나마 큰방들을 연결해서 만든 것이 이 연무장.

연무장의 문 앞에 이르자 안에서 바닥을 두드리는 발자국 소리가 들려왔다.

앞에 선 혈노가 문을 열고 안으로 들어섰을 때다.

움찔.

일순 몸을 조여오는 무형의 기운에 그가 다리를 멈춰 버렸다.

오싹 돋는 소름에 오금이 저릴 정도다. 사방에서 검기가 날아들어 온몸을 잘라낼 것만 같다.

혈노의 시선이 기운의 발원지로 향했다.

설무린의 옆에 서 있는 여인.

북설에게서 솟아오른 기운이다. 그녀는 둘의 정체를 알아차리고는 급히 살기를 거뒀다.

무공을 익히기는 했지만 천인호는 북설의 몸에서 뻗어 나온 무형의 기운을 느끼지 못했다. 그랬기에 그는 담담할 수 있었지만 그 무형의 기운을 몸으로 느꼈던 혈노의 안색은 결코 좋지 못했다.

무형의 기운은 분명 자신들을 벨 수 있을 정도로 은밀했다.

'검기상인(劍氣傷人)…… 맙소사.'

검을 대지도 않고 검기만으로 상대의 목숨을 거둘 수 있는 경지다.

설무린의 무공 또한 대단하지만 그 옆에 있는 북설 또한 결코 만만하게 볼 수준이 아니다.

북설이 가볍게 고개를 숙이면서 자신의 무례에 대한 양해를 구했다.

가볍게 고개를 끄덕이면서 혈노는 옆에서 움직이고 있는 설무린을 바라봤다.

설무린은 자신들을 향해 시선도 돌리지 않는다.

처음 이곳에 왔을 때처럼 그는 자신의 세계에 빠져 움직이고 있다.

천인호는 설무린의 움직임에 이미 푹 빠져서 주변의 것은 아무것도 보이지 않는 모양이다. 검을 든 채로 움직이고 있는 설무린의 모습은 사람의 마음을 단숨에 잡아채는 마력을 지니고 있었다.

그의 손에 들린 검은 마치 하나의 생명체처럼 느껴졌다.

살아서 꿈틀거리는 검은 아름다운 그림을 허공에 수놓는 듯이 보였다.

잠시 눈에 아른거리던 검의 모습이 갑작스럽게 사라졌다.

'…좇지 못한다.'

계속 집중을 하고 설무린의 검을 잡아보려고 했지만 제대로 그 움직임조차 읽혀지지 않는다.

빠르다. 아니, 빠르기도 하지만 변화가 너무나 심해 두 눈으로 잡는 것이 불가능한 것이다.

도저히 두 눈으로 감당할 수 없을 정도의 변화를 내포한 검법.

혈노 자신으로서는 도저히 감당해 낼 수 없는 엄청난 무공이다.

그는 자신과 함께 온 천인호를 향해 시선을 돌렸다.

천인호는 여전히 넋을 잃은 채로 설무린의 모습만 바라보고 있다. 물론 그가 설무린의 움직임을 제대로 좇을 리는 만무하다. 그저 그 화려한 몸놀림에 매혹된 것이리라.

그렇게 일각가량을 더 움직이던 설무린이 움직임을 멈추었다.

“휴우.”

긴 숨과 함께 그는 호흡을 가다듬었다.

연무장의 입구에서 그의 검무(劍舞)가 끝나기만을 기다리던 혈노가 아직도 멍하니 있는 천인호의 옷소매를 슬쩍 잡아당겼다.

그제야 그는 퍼뜩 정신을 차리고는 놀란 것마냥 고개를 돌렸다.

“가시죠.”

“아, 정말 대단하군요. 정신을 잃고 보고만 있었던 것 같습니다, 혈노.”

“그럴 만하지요. 저 또한 눈을 떼기가 어려울 정도로 아름다운 검법이더군요. 저는 흉내도 낼 수 없는 검법입니다."

혈노는 솔직한 자신의 심정을 밝혔다.

그의 눈에는 부러움 반, 시기 반의 복잡 미묘한 감정이 담겨 있었다.

설무린은 검무를 끝마친 후 검을 검집에 집어넣는 중이었다. 하지만 이미 그의 신경은 이곳에 나타난 천명검파의 둘에게 향한 후였다.

"이거 방해가 된 게 아닌지 모르겠습니다."

설무린이 씩 웃으면서 검이 들어 있는 검집을 툭툭 쳤다.

"이놈이 시끄럽게 울어대기에 잠시 나왔던 것뿐이죠. 얼마나 시끄러운지 잠을 자려고 해도 귀가 아플 지경이라니까요."

"허허."

설무린의 농담에 가벼운 웃음을 흘리던 혈노는 이내 뭔가에 대한 의문이 들었다. 그것은 바로 설무린이 항시 등에 메고 다니는 한 자루의 검에 관한 것이었다.

한눈에 알 수 있을 정도로 그 검은 보기 힘든 명검이었다.

그런데도 불구하고 설무린은 항상 허리춤에 차고 있는 검을 사용한다. 단 한 번도 등에 메고 있는 검을 뽑는 것을 본 적이 없었다.

두 개의 검을 동시에 쓰는 것은 분명 아니다. 검이 부러질까 봐 예비로 검을 들고 다니는 무인들도 있다고 들었다. 하지만 그렇다면 오히려 좋은 검을 먼저 사용하는 것이 맞지 않을까 싶다.

"그런데 그 등에 메고 계시는 검은 예비용인 겁니까?"

"이놈 말입니까?"

설무린이 고개를 슬쩍 옆으로 비틀어 어깨 너머로 모습을 드러낸 빙마몽환검을 바라봤다.

그의 입가에 맺혔던 미소가 슬며시 사라졌다.

"예비용은 아니고 이유가 있어서 가지고 다니는 놈입니다."

"아, 그러시군요."

설무린의 말투가 다소 딱딱하게 변했다는 것을 알아차린 혈노는 그것에 관해서 더는 묻지 않았다. 그래서는 안 될 것 같다는 직감이 들었기 때문이다. 나이가 들면서 는 것은 주름살뿐만이 아니다.

혈노는 급히 말을 돌려 자신들이 이곳에 오게 된 본론으로 들어갔다.

"오늘 시장에서 소요문과 부딪치셨다고 들었습니다."

"거, 백자흠인지 뭔지 하는 놈을 만나서 손 좀 봐줬죠."

대수롭지 않다는 듯이 말은 하지만 그것은 분명 커다란 일이었다.

백자흠은 소요문주의 친자식이다. 그를 건드렸다는 것은 곧 소요문을 건드린 것과 다름없다.

가뜩이나 천명검파가 나타나면 눈에 불을 켜고 달려들 그들에게 명분까지 만들어주었다.

혈노의 말투가 조심스러워진다.

"소요문이 분명 저희를 찾을 겁니다."

"그러라고 건드린 겁니다. 괜한 화풀이나 하겠다는 고약한 심보로 그런 녀석을 건드릴 정도로 시간이 많지는 않지요."

"얼굴을 드러낸 지금 몸을 꽁꽁 감추고 있는 것도 한계가 있습니다. 아무리 몸을 감추고 있어도 열흘 이상은 무리입니다."

예전에는 그나마 얼굴이라도 알려지지 않은 상황이었다. 그 상태였다면 그나마 모습이라도 숨기고 있을 수 있었지만 지금은 아니다. 얼굴이 드러난 이상 소요문의 정보망을 피하는 것은 한계가 있다.

길어야 열흘, 짧으면 이삼 일 안에 모든 것이 발각될 수도 있다.

그 안에 어떠한 조치를 취해야 한다고 말하려는 거다.

설무린의 얼굴에는 여전히 장난기 있어 보이는 표정으로 가득했다.

"놈들이 먼저 저희를 찾을 일은 없습니다."

"소요문의 정보력은 보통이 아닙니다. 더군다나 놈들은 숨겨진 세력도 있는……."

"현판을 내걸죠, 지금 당장."

“…….”

혈노는 자신의 귀가 잘못된 것이 아닌가 하는 표정으로 설무린을 바라봤다.

하지만 아쉽게도 설무린의 표정으로 보아서는 결코 자신이 잘못 들은 것 같지 않다.

옆에 서 있던 천인호의 표정만 봐도 알 일이었다.

그가 당황한 어조로 말했다.

“지금 천명검파의 현판을 내걸자는 말입니까?”

“그래. 놈들이 찾기 전에 우리가 모습을 보여주자고.”

“하루라도 시간을 더 버는 게 나은 지금 굳이 그러는 건…….”

설무린의 말이 다소 무리가 있다고 생각한 천인호가 의문을 제기했다.

그럼에도 불구하고 설무린은 여전히 수상한 웃음을 가득 머금고 있다.

“우리 세력은 겉보기엔 무척이나 약해 보여. 천명검파의 생존자들 몇 명과 나와 북설, 그리고 곧 이곳으로 올 무인들이 전부야. 하지만 그 정도가 소요문에게 위협이 될 거라고 생각해? 놈들은 우릴 무시할 거야. 그렇지만 목줄은 끊으려 들겠지. 어떠한 방법일지는 뻔하지. 예전처럼 암습을 펼칠 거야.”

소요문은 명문정파를 흉내 내는 가문이다.

그런 자들이 대낮에 사람들이 보는 와중에 사고를 일으키는 것은 무리다.

설무린이 천명검파의 무인들과 합류하기까지 그 또한 소요문에 대해 많은 정보들을 긁어모았다.

단신으로 하기에는 무척 어려운 일이지만 설무린은 의외로 쉽게 해냈다.

야율초재와 지금은 잠들어 버린 설군표 덕분이었다.

지금 소요문의 무인들 중에는 예전 천명검파를 멸문으로 몰았던 자들이 없다. 그것은 오랜 시간 소요문을 감시했던 설무린으로서 확신할 수 있는 부분이었다.

천명검파는 쉽사리 밀렸다.

하지만 지금 소요문 문도들의 능력으론 그것이 불가능하다. 더군다나 지금 소요문 문도의 대부분이 오랫동안 이 근방에 터를 잡고 살아오던 자들이다.

그런 자들이 복면을 쓰고 천명검파의 담을 넘는다?

불가능하다.

그러한 짓을 하고도 조그마한 소문조차 나지 않았다는 것은 그만큼 그들이 잘 훈련되고 결속된 비밀 세력이라는 소리인데 지금의 소요문 문도들은 결단코 그 같은 일을 벌일 수 없었다.

그렇다면 분명 다른 세력이 있다는 소리다.

물론 설무린 또한 아직 그것까지는 알아내지 못했다. 대놓고 소요문을 치지 않고 시간을 끌면서 그들이 이빨을 드러내기를 기다리는 것은 그 탓이었다.

소요문과 북해빙궁을 위협하는 그들이 모종의 관계가 있다는 것은 알지만 그것이 어느 정도 선인지는 아직 모른다.

섣부르게 파악하고 소요문을 뒤집어놓을 수도 없는 노릇인 것이다.

"천명검파를 멸문시켰던 놈들은 지금 소요문에 없어. 일부라면 모를까 대부분의 자들이 아마 다른 곳으로 옮겨간 모양이야. 그때의 놈들을 모으려면 시간이 걸릴 거고, 만약 그들을 다시 모을 수 없다면 자신의 선에서 해결하려 들 테지."

상대가 강하다면 분명 그때의 놈들이 오기를 기다릴 게다. 하지만 천명검파는 결코 강해 보이지 않는다.

운이 좋다면 소요문이 먹이를 물지도 모르는 일이다. 그걸 기다려야 한다.

설무린이 천인호를 바라봤다.

자신이 이야기하기는 했지만 실질적으로 상대에게 명령을 내리는 입장은 아닌 것이다.

서로가 필요해서 돕는다고 했다. 그것은 곧 상하 관계가 아니라는 말이다.

그렇다면 천명검파에 관련된 일에 관한 결단은 천인호에게 맡기려는 거다.

"생각해 보니 그 같은 일을 벌이기 전에 너에게 물었어야

했는데 실수를 했군. 큭큭! 보면 알겠지만 내가 좀 제멋대로
사는 놈이잖아? 그러다 보니 평소대로 행동해 버렸어.”

“…….”

“이제부터 천명검파가 가야 할 길에 대한 결단은 너에게
맡긴다. 내 말을 따를 거냐 아니면…….”

“따르죠.”

천인호가 바로 대답했다.

혈노의 얼굴에 언뜻 걱정하는 기색이 묻어났다 사라졌지
만 이내 표정을 바꿨다.

더는 망설여서는 안 된다.

한 번 정한 이상 목에 칼이 들어와도 그대로 밀고 나가야
한다.

천인호가 천명검파 또한 뜻을 같이한다고 밝히자 설무린
이 그럴 줄 알았다는 표정을 지었다.

“혈노, 고용한 사람들을 전부 이곳으로 불러주서야겠습니
다.”

“그렇게 하지요.”

“넌 수하를 데리고 가서 현판을 달아. 그건 내 일이 아니라
천명검파의 것이니까 난 이만 빠지지.”

귀찮다는 듯이 손을 저으면서 설무린은 연무장을 걸어나
갔다.

그의 뒤를 따라 북설 또한 모습을 감추었다.

“허허. 이거야 원, 일거리만 잔뜩 안겨주고 사라지는군.”
골이 아프다는 듯이 혈노가 고개를 젓는다.
자신이 일은 다 벌여놓고 유유자적하게 사라지는 모습이
참으로 밉살맞기까지 하다.

第二章
야습(夜襲)

　소문이라는 것은 하늘을 나는 새보다 빠르다 했다.

　특히나 무림이라는 곳은 정보가 목숨과도 같다. 그런 그들의 정보력은 평범한 집의 젓가락 개수조차도 파악하고 있을 정도로 치밀하다.

　천명검파에 대한 소식이 날아든 것은 현판을 단 지 반 시진이 지나기 전이었다.

　다시금 모습을 드러낸 그들을 찾으라고 말한 지 한 시진도 지나지 않아 벌어진 일이다.

　소요문의 문주인 백양천이 표정을 구겼다.

　그의 옆에는 그의 첫째 아들인 백군명(白君明)이 자리하고 있었다.

표정을 잔뜩 구기고 있던 백양천이 이내 얼굴을 펴면서 웃음을 터뜨렸다.

"하하! 내가 당할 줄은 몰랐군. 당했어. 우리 소요문이 아주 우습게 되어버렸군."

웃고는 있지만 결코 유쾌한 웃음이 아니다. 백양천의 아들인 백군명이 그것을 모를 리가 없다.

백군명은 세 명의 자식 중에 유일하게 백양천의 야망을 아는 자다.

그런 백군명이기에 천명검파가 당당하게 모습을 드러낸 사실에 분개하는 아버지의 행동이 쉽사리 이해가 가지 않았다.

"천명검파가 모습을 드러냈다면 오히려 다행 아닙니까?"

"모자란 놈! 하나만 생각하면 분명 그러하겠지. 하지만 넌 둘을 생각하지 못한 게야!"

웃음을 멈추며 백양천이 버럭 소리를 내질렀다.

물론 표면적으로 봤을 때는 백군명처럼 생각하기 쉽다.

분명 천명검파를 찾는 수고는 덜었다. 하지만 오히려 자신들의 손으로 직접 찾는 게 나은 일이었다.

"음지에 있어야 할 놈들이 양지로 나왔어. 무슨 말인지 알아? 음지에 있었다면 찾는 즉시 놈들을 다시금 무림에서 지울 수 있었다. 하지만 이제는 아니야. 양지에 나온 이상…… 눈에 보이게 놈들을 제거할 수가 없게 되어버렸다."

천명검파가 등장하기 전에 제거했다면 모든 일이 수월했을 게다.

뒤로 손을 써서 천명검파의 생존자들만 죽였으면 될 일이다.

어차피 그리 많은 숫자도 아닐 게고, 음지에 숨어 있던 자들이니만큼 주변과의 교류도 없을 거라는 확신이 있었다.

그런 자들을 세상에서 지우는 것은 어렵지 않다.

그저 조그마한 장원 하나에 있던 사람들이 하룻밤 사이에 사라지는 것뿐이다.

그 정도의 일은 비일비재한 일. 한동안 그 일로 시끄러울지 모르겠지만 이내 사람들의 뇌리에서는 그러한 일 따위는 금방 잊혀질 게다.

하지만 개파를 한 지금은 다르다.

장원에 있는 사람들이 사라지는 것이 아니라, 천명검파가 암습을 받은 것이 된다.

시간이 흐르기는 했지만 이곳 청해성에서 천명검파가 가지는 이름의 무게는 가볍지가 않다. 오랜 시간 이곳에 뿌리박고 있던 문파이기 때문이다.

백양천은 수염 때문에 까칠까칠한 자신의 턱을 어루만졌다.

지금 이 행동이 어떠한 연유로 벌어진 일인지 궁금증이 치

민다.

만약 이것이 다 계산하에 움직인 일이라면 결코 상대를 경시할 수만은 없다.

'제법 꾀를 썼다 이거지.'

섣부르게 움직였다가 다른 자들에게 꼬리를 잡혀서는 안 된다.

몇 년 전 소요문이 천명검파를 멸문시켰던 일까지 드러나서는 결코 안 된다.

그들이 다시금 나타났지만 해결하는 건 어렵지 않았다.

하지만 천명검파가 개파를 선언하면서 모든 일이 꼬여 버린 것이다.

"군명아."

"예, 아버지."

"그들을 천명검파로 보내서 그곳에 있는 자들에 대해 조사하라고 전해라. 절대 싸움을 벌이거나 해서는 안 된다."

"알겠습니다."

백군명이 고개를 끄덕였다.

소요문에는 은신술이 빼어난 네 명의 고수가 있다. 그리고 그들은 지금 천명검파를 감시하라는 명령에 따라 움직일 것이다.

천명검파 주변에는 제법 많은 사람들이 모습을 드러냈다.

　그도 그럴 것이 사라졌던 천명검파가 갑작스럽게 개파를 선언하며 다시 모습을 드러냈으니 신경이 쓰일 만도 하다. 벼슬에서 물러난 누군가가 사는 집이라고만 생각했던 거처가 단 하루 만에 천명검파로 모습을 뒤바꾸었다.

　사람들은 천명검파를 기웃거리기는 했지만 딱히 어떠한 행동도 취하지 못하고 있었다.

　그때 한 무리의 인물들이 떼를 지어 천명검파의 문으로 다가왔다.

　가뜩이나 주변에서 눈치를 살피던 사람들로서는 무엇인가 일이 벌어질 거라는 생각에 커다랗게 눈을 치켜떴다.

　애초부터 천명검파의 문은 활짝 열려 있었다.

　누구라도 들어올 용무가 있다면 와도 좋다는 무언의 표시다.

　그리고 지금 다가오는 자들은 대략 삼십여 명으로 행색만으로도 무인이라는 것을 알 수 있었다.

　당장이라도 무엇인가 사단이 벌어지는 게 아닐까 싶어 주변에 있는 자들은 천명검파의 문을 바라봤다.

　그 무리가 문에 이르는 순간 사내 한 명이 다가와서 앞을 막아섰다.

　천인호의 무공 스승이기도 한 무웅이었다.

　그가 부리부리하게 뜬 눈으로 그들을 무섭게 쏘아보면서 입을 열었다.

“용무는?”

“고용돼서 왔소.”

앞에 서 있던 사내가 서찰 하나를 무웅에게 내밀었다. 그는 서찰 안에 찍혀 있는 직인을 보더니 고개를 끄덕이면서 옆으로 물러났다.

“안으로 드시오. 그곳에 당신들을 고용한다고 하신 분이 계실 거요.”

이들은 바로 천명검파에서 개파를 하면서 불러들이려 했던 무인들이다.

사방에 숨겨두었다가 개파를 하는 즉시 이들을 이곳으로 불러온 것이다.

설무린이 시킨 일이었고, 혈노가 행했다.

무웅이 주변을 한 번 쓰윽 훑어보고는 다시금 천명검파 안으로 몸을 감췄다.

그는 벽으로 인해 자신의 모습이 완전히 감춰지고 나서야 안도의 한숨을 내쉬었다.

“휴, 원 적성에 안 맞는 일을 하려니 죽겠군.”

“하지만 아저씨가 그런 역할이 가장 잘 어울리는걸요. 어쩔 수 없잖아요.”

“아가씨, 어딜 가도 험악하다는 소리는 안 듣고 살았습니다. 이거 억울해서 못살겠군요.”

무웅은 고개를 저으면서 옆에서 자신을 보며 웃는 천소소를 바라봤다.

지금 무응은 문을 지키면서 최대한 무섭게 보이라는 명을 받은 상태였다. 그리고 이 일은 전부 그 북해빙궁의 소궁주라는 작자가 시킨 일이다.

그는 손으로 자신의 눈을 부비면서 중얼거렸다.

"이거 하도 힘을 줬더니 눈까지 아프군요."

"벌써 그러서서 어떻게 합니까? 아직 시작도 안 했는데 말이죠. 후후."

멀리서 들려오는 목소리에 무응은 손을 내리며 고개를 돌렸다.

예상대로 목소리의 주인공은 설무린이었다. 그리고 그의 뒤에는 북설이 그림자처럼 따라붙은 상태였다.

설무린은 문 쪽으로 다가와 슬쩍 바깥의 동태를 살폈다.

입가에 미소를 단 채로 설무린이 중얼거렸다.

"…중요한 놈들이 안 보이는군."

많은 자들이 근방에 있다. 하지만 정작 설무린이 기다리는 것은 소요문에서 보낼 감시자들이었다.

그들이라면 결코 외관이나 보는 것으로 만족하지 않을 것이다.

이쪽에서 나가기를 기다리는 것이 아니라 그쪽에서 들어오려고 할 게 분명하다.

"그런데 소궁주님, 하필이면 왜 제가……"

말을 하던 무웅이 한순간 몰아치는 한기에 입을 닫고 말았다.

설무린의 눈에 일순 차갑게 변했다가 원래대로 돌아왔다.

그가 다시금 입가에 웃음을 머금었다.

"그 호칭은 지금은 쓰면 안 된다 하지 않았습니까."

"죄, 죄송합니다. 실수로 그만……."

"한 번의 실수로 모든 걸 그르칠 수도 있습니다. 주의하시지요."

"알겠습니다."

무웅은 새파랗게 질린 얼굴로 급히 설무린의 말에 답했다. 아주 짧은 순간이었지만 그는 자신의 목이 떨어졌다가 다시 붙은 듯한 느낌이었다.

바짝 긴장한 그와는 달리 설무린은 여유있는 눈으로 천명검파의 내부를 훑었다. 그의 움직이던 시선이 어느 순간 잠시 머뭇거렸다.

그때 뒤에 있던 북설이 설무린을 향해 한 발자국 다가섰다.

설무린이 슬며시 고개를 젓자 움직이던 북설이 멈추었다. 설무린과 마찬가지로 북설 또한 미묘한 움직임을 느꼈던 모양이다.

예상대로다.

천명검파가 나타나면서 가장 급하게 된 것은 소요문이다.

더군다나 당당하게 개파 선언도 했으니 당장이라도 조사

를 하려고 들 걸 예측했다.

'넷. 후후, 소요문의 수준은 이 정도로군.'

지금 비밀스럽게 천명검파의 담을 넘은 자들은 제법 은신술에 익숙한 자들이었다. 담을 넘기가 무섭게 자리를 잡고 기척을 죽였다.

딴에는 은밀하게 몸을 감추기는 했지만 설무린의 이목까지 속이는 데에는 상당한 무리가 있었다.

"저희는 따로 할 일이 있어서 들어가 볼 테니 계속 수고하시지요."

설무린은 무웅에게 인사를 건네고는 아무것도 모르는 듯이 몸을 돌렸다.

몰래 잠입한 그들을 건드릴 생각은 없다. 오히려 그들이 무사히 이곳을 빠져나가 소요문으로 돌아가기를 바라고 있다. 그래야 놈들이 움직일 테니까.

설무린이 입가에 조소를 띠었다.

소요문의 인물들로 추측되는 자들은 잠입한 다음날 기척을 감췄다.

일부러 천명검파를 돌아다니며 놈들을 찾던 설무린은 그들이 이곳을 나갔다는 확신을 내렸다.

놈들이 나갔다.

그럼 그 후에 어떠한 일이 벌어질지 예상하는 것은 어렵지 않다.

설무린이 빠른 걸음걸이로 장문인으로 불리게 된 천인호의 거처로 향했다.

천명검파를 정식으로 개파한 후부터 최대한 의젓해지려고 노력하는 그는 요즘 눈코 뜰 새 없이 바쁜 하루를 보내고 있었다.

별다른 제지를 받지 않고 안으로 들어선 설무린은 책상 앞에 앉아 있는 천인호를 만날 수 있었다.

그는 이렇게 늦은 시간 갑작스러운 두 사람의 등장에 하고 있던 일을 접고 고개를 들었다.

의외라는 듯이 자신을 바라보는 천인호의 눈빛에 설무린이 통명스레 말했다.

"뭐야, 그 눈빛은?"

"아뇨. 이렇게 제 거처에 직접 찾아오신 게 다소 놀라워서……."

"별게 다 놀랍군."

말을 내뱉으며 설무린은 푹신해 보이는 의자에 걸터앉았다. 하지만 예상보다 느낌이 좋지 않았는지 그는 손으로 살짝 의자를 쓰다듬었다.

"이거 보기보다 별로군."

작게 중얼거리는 설무린의 앞으로 천인호가 와서 앉았다.

"무슨 일 있습니까? 직접 찾아오신 걸 보니 뭔가 할 말이 있으신 것 같은데.”

“지금 당장 사람들을 전부 내원으로 모아. 한동안 그곳에서 전부 생활해야 돼.”

“전부 말입니까?”

천인호는 설무린의 말에 당황스럽다는 듯이 물었다. 내원이라고 해봤자 그리 크지도 않고, 또 갑작스럽게 그곳으로 사람들을 모으는 이유를 알 수가 없었기 때문이다.

“길지는 않을 거다. 기껏해야 삼 일. 운이 좋으면 하루 만에 끝나겠지.”

“갑자기 무슨 일로…….”

“길게 설명할 시간이 없다. 시간이 없으니 지금 당장 모으라고. 그럼 곧 알게 될 테니까.”

말을 마친 설무린은 자리에서 일어났다.

이곳과 소요문과의 거리는 결코 멀지 않다. 더군다나 놈들은 오늘 사라졌다.

만약 소요문이 준비를 하고 있었다면 당장이라도 괴한들을 투입할 게다.

천명검파는 강하지 않다.

그것은 부정할 수 없는 사실이다.

급하게 끌어들인 무인들로는 한계가 있다.

그들이 방패는 될 수 있어도 날카로운 창이 될 수는 없는 법이다.

자리에서 일어선 설무린은 그대로 북설과 함께 바깥으로 걸어나갔다.

지금부터 벌어지는 일에서 가장 중요한 것은 역시 설무린과 북설의 활약이었다.

소요문은 천명검파에 대해 며칠 동안 살피면서 나름대로 모든 것을 파악했다고 판단했을 게다. 돈을 받고 이곳으로 모여든 무인, 그리고 원래부터 천명검파였던 자들의 뒷조사도 했을 게 분명하다.

아마 그들은 위험 인물로 혈노와 흑죽파파만을 생각했을 공산이 크다.

그 둘을 제외한다면 천명검파에는 소요문에서 조심해야 할 인물들은 없다고 생각할 것이다.

설무린은 그것이 바로 소요문의 크나큰 실수라는 걸 곧 깨닫게 해줄 생각이었다.

“시작해 볼까.”

천명검파를 위해 싸우는 것이 아니다.

북해빙궁을 뒤집으려는 그놈들의 정체를 알아내기 위해서 소요문을 움직이게 하려는 것이다.

갑작스러운 소집 명령에 대다수 사람들의 표정은 결코 곱지 않았다.

슬슬 잠들 시간에 천명검파의 문주라는 작자가 사람들을

전부 끌어 모았다.

불만이 터져 나오는 것은 당연했다.

천명검파에 살게 된 모든 이들이 그리 크지 않은 내원에 모두 집결했다.

천인호가 모습을 드러내자 사람들이 스리슬쩍 불만을 토해내기 시작했다.

그들은 모두 최근 들어 혈노가 돈을 이용해서 사들인 자들이었다.

문파를 위해서가 아니라 자신을 위해 싸우는 자들이라는 소리다.

그들을 전부 내원으로 오게 했던 혈노가 급히 천인호에게 다가갔다.

"사람들의 불만이 꽤나 높습니다. 대체 무슨 일인지……."

"글쎄요. 휴, 그분의 속내는 알 수가 없으니."

고개를 저으면서 천인호가 중얼거렸다. 궁금한 것은 혈노뿐만이 아니라 그 또한 매한가지였다.

시간이 없다며 자신의 할 말만 다 하고 휑하니 사라져 버린 설무린이다. 하지만 왠지 그것이 설무린답다는 느낌을 주는 것은 그가 평범하지 않은 인간이기 때문이리라.

'뭔가 생각이 있겠지.'

알 수 없는 행동이지만 결코 아무런 이유도 없이 움직이는 자가 아니라는 건 알고 있다.

천인호는 혈노를 시켜 이곳으로 모인 자들에게 쉴 공간을
마련해 달라고 부탁했다.

원래부터 천명검파에 뼈를 묻었던 사람들 또한 마찬가지
로 한 방을 배정했다.

다소 좁아 불편하기는 하겠지만 내원에서 사람들을 모두
감당해 내기 위해서는 어쩔 수 없는 일이다.

방 배정을 끝내고 일의 수습이 끝나갈 무렵 사라졌던 설무
린과 북설이 모습을 드러냈다.

설무린을 발견한 천인호는 흑죽파파와 함께 그쪽으로 다
가갔다.

"대충 끝났습니다만 이제는 이유를 알아야 할 것 같습니
다."

아무리 설무린이 이들에게 큰 도움을 준다고는 하지만 천
명검파의 문주로서 알아야 할 것이 있다.

어차피 이들에게도 사실을 알려야 하기에 설무린은 며칠
전부터 있었던 일에 대해서 언급했다.

"며칠 전에 천명검파에 수상한 자들이 잠입했었어. 기척을
숨기고 이곳의 곳곳을 살피더군. 아마 이곳에 고용된 무인들
의 정체도 모두 알아냈을 거야. 어느 정도 수준인지도."

"그들이 누군지 알아낸 겁니까? 혹시……."

"그래, 네 예상이 맞을 거다."

"소요문에서 벌써 손을 썼다는 겁니까? 한데 근시일 내에

기습이 가해질지는 어떻게 파악해 낸 건지 모르겠군요.”

“놈들이 사라졌거든.”

설무린의 그 한마디에 천인호와 혈노가 고개를 끄덕였다. 굳이 더 말하지 않아도 설무린이 말하려고 하는 바를 알 수 있었다.

놈들이 사라졌다면 모든 판단이 끝났다는 소리다.

“아마 이삼 일 안에 결과가……..”

중얼거리던 설무린이 말을 멈추면서 먼 곳을 바라봤다. 그가 가볍게 혀를 찼다.

“쳇! 싸움을 못하는 사람들은 당장 내원으로 들어가게 하고, 검 좀 쓰는 놈들은 모두 바깥으로 나오라고 해!”

말을 마치지 무섭게 설무린의 몸에서 북해의 차가운 바람을 연상케 하는 기운이 쏟아져 나오기 시작했다. 북설 또한 빠르게 검을 뽑아내며 두 눈을 날카롭게 빛냈다.

천인호는 상황을 알아차렸다.

그가 다급하게 혈노를 불렀다.

“혈노! 사람들을 준비시켜 주세요!”

“알겠습니다, 문주님.”

설무린은 문 앞을 막아섰고, 북설은 자취를 감추었다. 그림자무사로서의 자리로 돌아간 것이다.

바깥에서 안쪽으로 치고 들어오는 자들의 기척이 느껴진다. 하지만 천명검파의 외원은 금방 밀릴 것이다. 그곳을 지키는 자들은 아무도 없으니 순식간에 이곳으로 쏟아져 들어올 것이다.

"큭큭, 제법 급하긴 급했던 모양이군."

천명검파를 감시하던 자들이 사라진 지 몇 시진이 채 되지 않았다. 그런데 바로 소요문의 문주는 괴한들을 보내 천명검파를 급습하게 한 것이다.

하지만 오히려 설무린의 입장에서는 쌍수를 들고 환영할 일이었다.

이곳에서 오래 머무르고 싶은 생각은 없다. 최대한 빨리 이 일을 해결하고 할 일이 많다.

내원의 방을 배정받던 자들이 병기를 챙기고 급하게 바깥으로 뛰쳐나왔다.

방금 전까지만 해도 불만으로 가득했던 그들의 얼굴이 완전히 변해 버렸다. 다소 긴장한 표정으로 그들은 주변을 둘러봤다. 아무런 것도 보이지 않는다. 그래서 더더욱 긴장감은 커져만 갔다.

잔잔한 유등 불빛 아래에 선 설무린의 손가락이 꿈틀했다.

동시에 혈노와 흑죽파파 또한 손에 들린 병기를 더욱 거세게 잡았다.

파앙!

콰콰쾅!

거대한 폭음과 함께 문이 터져 나갔다.

동시에 담장의 일부분도 박살이 나면서 복면을 한 자들이 모습을 드러냈다.

긴말이 필요하지 않다는 심산으로 그들은 전혀 망설이지 않고 모여 있는 천명검파를 향해 달려들었다.

그들의 손에 들려져 있는 비수가 빛의 꼬리를 만들며 허공을 베었다.

차창!

선두에 서 있던 설무린을 향해 수도 없이 많은 비수가 날아들었지만 그 정도에 당할 그가 아니었다.

날아들던 비수는 설무린의 검에 막혀 그대로 튕겨져 나갔다.

하지만 모든 비수가 실패한 것은 아니었다.

다른 곳에서 날아든 비수들은 천명검파의 무인들의 몸에 틀어박혔다.

"컥!"

사방에서 들려오는 비명 소리.

역시나 천명검파의 무인들로는 상대하기 힘든 수준의 자들이 몰려든 것이다.

그렇지만 애초부터 예상했던 일. 놀랄 이유가 없다.

휘익!

한 명의 복면인이 단숨에 거리를 좁히며 설무린의 목을 향해 서슬 퍼런 검을 휘둘렀다.

검에서는 새하얀 검기가 아른거리면서 단숨에 그의 목숨을 취하려 들었다.

휘리릭!

설무린의 손에 들린 검이 춤을 추듯이 움직였다. 뒤로 성큼 물러서면서 휘두른 그 일검이 달려들던 복면인의 가슴을 정확하게 갈랐다.

그가 채 쓰러지기도 전에 다른 자들이 사방에서 설무린을 덮쳐 왔다.

"호오."

제법 많은 자들이 설무린 자신을 노리고 있다.

그 말은 곧 소요문에서 자신에 대해 견제를 하라는 명령을 내렸다는 소리다.

아마도 그날 장터에서 있었던 일 때문인 듯하다.

그때 설무린은 문주의 아들을 지키는 자들을 단신으로 수월하게 때려눕혔다. 아마 그 탓에 제법 하는 고수로 평가를 받은 모양이다.

설무린은 그들을 단숨에 검으로 밀어낸 후에 머리를 긁적였다.

"이걸 좋아해야 하는 건지 아니면 화를 내야 하는 건지 모르겠군. 뭐, 그건…… 발자국 소리를 죽이고 다가오는 쥐새끼를 해결하고 난 다음의 일이겠군."

"……!"

쉬익!

뒤쪽에 조심스럽게 다가오던 자가 설무린의 중얼거림을 듣자마자 몸을 날렸다.

스윽!

설무린의 검이 뒤쪽에서 다가오던 자의 허리를 단숨에 베었다.

애초부터 예상했던 일.

그들의 움직임을 보면서 설무린은 이들의 정체를 대충이나마 파악해 냈다.

짧은 시간 안에 어떻게 이 같은 자들을 불러 모았나 의문이 생겼거늘 검을 받아보니 대충 상황이 파악됐다. 이들이 펼치는 검법은 은밀하면서도 효과적이다.

오로지 사람을 죽이기 위한 검.

살검(殺劍)이다.

그것도 제법 훈련된 살수들이기에 천명검파에 고용된 자들로서는 상대하기 버거운 자들이다.

그나마 혈노와 흑죽파파, 그리고 무웅만이 이들을 몰아치고 있는 수준이었다.

그 셋을 제하고는 일방적으로 밀리고 있다고 해도 과언이 아니다.

아직 사들인 무인들이 모두 모이지 않은 탓에 숫자 또한 이쪽이 부족하다. 설무린은 그들을 돕기 위해 움직이려다가 멈추어 섰다.

뒤쪽에 서 있던 다섯 명의 인물이 전장으로 뛰어들 준비를 하는 걸 알아차렸기 때문이다.

설무린은 목표를 바꿨다.

"저 다섯은 내가 맡지요!"

그는 옆에서 미친 듯이 지팡이를 휘두르고 있는 흑죽파파를 향해 말을 내뱉고는 그대로 다섯이 움직이려는 길을 막아섰다.

갑작스럽게 설무린이 길을 막아서자 잠시 움찔했던 그들이지만 이내 몸에서는 여유가 넘쳐흘렀다. 설무린이 그리 강해 보이지 않는 외양 탓이었다.

설무린은 특유의 여유있는 모습을 취했다.

"어이, 어딜 가려고."

"애송이…… 우리의 길을 막다니, 죽고 싶으냐."

"막지 않았어도 다 죽이러 온 것 아닌가? 내가 비켜서면 이곳을 떠날 생각이면 물러서 주지."

"큭! 웃긴 녀석이군. 알면서도 왜 묻는 거냐. 네놈이 비킨다 해도 우리는 천명검파를 지울 것이다."

그 말을 들은 설무린이 편한 표정으로 미소를 지었다. 그런 그의 태도에 다섯 명의 괴한이 서로를 바라보면서 의아스럽다는 행동을 보였다.

설무린이 유쾌한 웃음을 터뜨리며 말했다.

“내가 비켜서면 물러간다고 할까 봐 지레 겁을 먹었거든.
남아일언중천금(男兒一言重千金)이라고 하는데…… 만약 너
희가 물러났다면 내가 사내가 아니어야 되잖아.”

“뭐야?!”

물러선다고 했다고 해도 자신이 놔주지 않을 거였다는 말
이다.

설무린의 말은 그 다섯 사내의 심기를 건드리기 부족함이
없었다.

“네놈, 애초부터 살려둘 생각은 없었지만 더 고통스럽게
보내주지.”

한 명이 앞으로 나서면서 말했다.

괴한 중 하나가 움직이자 나머지 넷이 자연스럽게 뒤로 빠
지려고 했다.

그러자 설무린이 급히 손을 들면서 소리쳤다.

“어이! 어디들 가려고? 너희들의 상대는 나란 말이야.”

“혼자서 우리 다섯을 상대하겠다?”

“어렵지는 않지.”

“이 새끼가 정신이 오락가락하나…….”

괴한들에게 설무린의 행동은 분명 도발에 가까운 무모한
행동으로 보일 게다. 하지만 막상 당사자의 입장에서는 그렇
지 않았다.

설무린의 말을 헛소리로 치부했는지 앞으로 나섰던 한 명

이 몸을 던졌다.

설무린이 가볍게 혀를 찼다.

"쯧. 안 된다니까."

파악!

휘둘러오는 손바닥을 향해 설무린 또한 자신의 육장을 움직였다.

맞닿아오는 손을 보며 괴한은 자신도 모르게 입가에 미소를 지었다.

'멍청한 놈!'

마령장(魔靈掌)은 사람의 생기를 빨아먹는 장법이다.

맞는 부위가 시커멓게 변해 버리며 썩어버린다는 무시무시한 무공이다. 피해도 모자랄 판에 오히려 자신의 손을 마주 대온다.

퍽!

손바닥이 마주 닿는 순간 손끝에 짜릿한 쾌감이 느껴진다.

끝이라는 확신이 머리끝까지 치솟았다.

'허여멀건 계집 같은 곱상한 얼굴부터 맘에 안 들었다, 이놈!'

단숨에 눈앞에 있는 준수한 사내의 모습이 목내이(木乃伊:미라)마냥 피골이 상접하게 변할 거라는 점은 의심할 여지가 없다.

그랬는데.

쾌감이 고통으로 변하는 것은 찰나였다. 갑작스럽게 손바닥의 감각이 무뎌진다고 생각하는 순간 차가운 한기가 뼛속까지 파고들었다.

생전 처음 느껴보는 고통, 그리고 몸을 휘젓는 공포에 괴한이 급히 뒤로 물러서려고 했다.

하지만 이미 둘의 손은 무엇인가에 묶인 것마냥 떨어지지 않았다.

"크! 이, 이놈이 당장 놓지 못해!"

시퍼렇게 변한 안색으로 다급해하는 그를 보며 설무린이 히죽 웃었다.

"그러기에 한 번에 덤비래도."

"으아악!"

온몸의 찢어질 듯한 고통에 마침내 괴한이 비명을 내질렀다.

일장을 휘두르기도 전에 다른 자들을 향해 다가가던 나머지 넷이 발을 멈추고 뒤를 돌아봤다.

축 늘어진 괴한을 질질 끌면서 설무린이 웃음 가득한 얼굴로 넷을 바라봤다.

"한 명이 올래, 넷이 올래?"

"…씹어먹을 놈이!"

쓰러진 자신의 동료를 보며 이를 갈기는 했지만 함부로 움직이지는 않았다.

흥분한 상태로 달려들 정도로 상대가 만만하지 않다는 걸 파악했기 때문이다.

그만큼 그들은 자신의 감정을 절제할 정도로 훈련을 받은 자들이었다.

"좋아. 제법 하긴 하는군."

고함을 지르는 괴한의 옆에 있던 자가 나서면서 말했다.

어차피 자신들은 이곳에 묶여 있을 시간이 없었다.

자신들이 이끌고 온 자들은 분명 천명검파를 압도할 정도로 강하다.

하지만 문제는 그들로 혈노와 흑죽파파까지 제압하기는 무리다.

그 둘을 제압하기 위해 이렇게 다섯이 왔다.

눈앞에 있는 이놈을 당장에 제압하고 그 둘을 쓰러뜨려야 한다.

망설일 시간이 없다.

네 명이 눈짓으로 행동을 정했는지 동시에 움직이기 시작했다.

설무린이 검을 잡은 오른손을 들어올리며 제법 흥미있다는 표정을 지었다.

"처음부터 그렇게 나왔어야지."

왼손으로 잡고 있던 괴한의 손목을 놓자 질질 끌려왔던 자가 그대로 풀썩 하고 쓰러졌다.

상대들은 만만하지 않다.

비록 한 명이 너무나 쉽게 무너졌다고는 하지만 그가 약해서 벌어진 일이 아니다. 설무린과 손을 맞댄 것은 그자의 치명적인 실수였다.

설무린의 빙백신장의 내력이 그대로 괴한의 몸으로 퍼졌다. 자신의 장법에 자신하던 그는 북해빙궁 최고의 장법인 빙백신장으로 인해 속이 파괴되어 버렸다.

그 탓에 단 일격에 싸움이 끝나게 된 것이다.

넷 모두 혈노와 흑죽파파를 죽이려고 소요문에서 보내온 자들이다.

천명검파의 둘이 절정에 다다른 고수니 그런 둘을 죽이러 온 자들이라면 그 정도 수준이거나 조금 못 미치는 정도일 게다.

절정에 다다른 넷을 앞에 두고 있다는 것을 알지만 설무린은 여전히 태연자약했다.

검을 드는 그 순간부터 한 치의 망설임도, 두려움도 지니지 않는다. 그것이 바로 북해빙궁 소궁주인 설무린이다.

손에 들린 검이 고요한 파동을 일으켰다.

"와."

상대 괴한들은 설무린의 말에 즉각 반응했다. 네 명이 동시에 움직이면서 단 한 곳을 향해 공격을 퍼부었다. 세 명은 검, 한 명은 도다.

차라랑!

뒤로 물러서면서 검을 안쪽으로 휘젓자 세 개의 검이 마치 끌려오는 것마냥 붙어서 옆으로 흘러나갔다. 순간 도가 목을 칠 듯이 날아들어 온다.

쾌도(快刀)!

쉽사리 보기 힘들 정도로 빠른 도법이다.

설무린은 손에 내력을 가득 실어 그대로 날아드는 도신을 후려쳤다.

파앙!

"크으!"

도기에 싸여져 있던 도였지만 설무린의 장력에 오히려 도를 쥐고 있던 손아귀에서 피가 터져 나왔다.

"죽어랏!"

도를 밀어내는 것과 동시에 옆으로 밀려났던 자 중 하나가 빈 옆구리를 향해 검을 찔러왔다.

휘리릭!

탕!

빙글빙글 도는 설무린의 검이 용케도 막아낸다. 단지 방어만 한 것이 아니다. 막는 것과 동시에 위로 솟구쳐 오른 검이 한 명의 팔목을 벴다.

"으윽!"

급하게 손목을 부여잡고 뒤로 물러서는 자를 놓치지 않고 뒤쫓으면서 일검을 날렸다.

하지만 뒤쪽에 있던 다른 한 명이 급하게 그를 잡아당기면서 자신의 검으로 날아드는 설무린을 막아냈다.

그때 설무린의 몸이 사라졌다.

“……!”

놀라는 순간 아래에서 무엇인가가 숏구쳐 오르더니 자신이 잡아챘던 동료의 얼굴에 닿았다.

퍼억!

‘발!’

한 손으로 몸을 지탱하면서 위로 날린 발차기에 그대로 목이 돌아가 버렸다.

당황하기는 했지만 설무린의 자세를 보자마자 그는 급하게 검을 움직였다.

지금이 기회라는 생각에 그대로 아래를 향해 검을 찔러 넣었다.

설무린은 몸을 지탱하고 있는 한 손을 이용해서 뒤로 몸을 한 바퀴 회전시키면서 검을 피해냈다.

땅에 납작 앉은 그 자세 그대로 설무린은 검을 휘둘렀던 괴한을 향해 몸을 날렸다.

빈틈이 있다는 생각에 검을 찔러 넣었던 괴한은 오히려 그 때문에 자신에게 틈이 생겨 버렸다.

설무린의 손바닥이 그대로 사내의 가슴에 와 닿았다.

가슴에 댄 손을 앞으로 밀어내면서 그가 씩 웃었다.

"북해의 얼음은 무척이나 차갑지."

조그마한 중얼거림과 함께 사내의 가슴부터 온몸이 딱딱하게 굳어버렸다.

설무린이 손을 몸에서 떼는 순간 괴한은 그대로 뒤로 쓰러졌다.

거세게 몰아치던 자들이 움직임을 멈추고 급히 거리를 벌렸다.

한눈에 봐도 긴장한 것을 알 수 있을 정도로 그들의 행동은 경직되었다.

다섯 명 중에서 두 명이 쓰러졌다. 처음 한 명이야 단신으로 덤벼들었다가 괴이한 술수에 당했다고 생각했다. 하지만 나머지 넷의 합공 속에서 설무린은 너무나 수월하게 한 명의 목숨을 취했다.

남은 자는 셋.

머릿수도 이쪽이 많기는 하지만 왠지 모르게 움직이는 것이 망설여진다.

알 수 없는 두려움이 몸을 뒤덮는다.

남은 셋 중 둘이 한 명을 바라본다. 아마도 그 괴한이 이들을 이끄는 실질적인 수장인 모양이다. 결단을 내려달라는 듯한 행동.

괴한은 슬쩍 뒤쪽을 바라본다.

혈노와 흑죽파파 때문에 압도적이었던 상황이 점점 비등하게 변해가고 있었다.

저쪽을 막지 않는다면 일이 복잡해진다.

"내가 이놈을 맡지. 너희 둘은 나머지 놈들을 맡아."

명령이 떨어지기가 무섭게 두 괴한은 한 치의 망설임도 없이 뒤를 향해 몸을 던졌다.

설무린은 흉수들의 우두머리와 단신으로 마주하게 됐다.

흉수들의 우두머리가 입을 열었다.

"네 정체가 궁금하군."

"나도 마찬가지야."

설무린이 가볍게 응답하면서 옆으로 발을 옮겼다.

상대의 목소리로 파악하건대 제법 젊은 사내인 듯하다. 물론 확실하지는 않겠지만 어차피 복면으로 얼굴을 가린 지금 굳이 목소리까지 바꿀 필요는 없다.

'어느 정도 거물인 모양이군.'

젊은데도 이 같은 경지에 오를 수 있다는 건 그만큼 뒤에서 받쳐 주는 것이 있었다는 소리다. 그리고 적어도 이 같은 중대한 일을 이끄는 수장이다.

믿을 수 있는 자라는 걸 의미한다.

상대 또한 설무린과 마찬가지로 손에 검을 든 채로 기회를 엿보고 있었다.

두건으로 가려진 두 눈이 제법 날카롭다.

숨을 가다듬던 괴한이 먼저 움직였다. 그의 검이 일직선으로 쭉 뻗어온다.

날카롭기는 하지만 지금까지 받아왔던 검과는 조금 느낌이 다르다.

살수의 검이 아니다.

'이놈은 잡아야겠군.'

상대를 죽이려 했던 설무린의 마음이 급선회했다. 지금 이 자는 살수가 아니다. 소요문과 연관성이 있을 가능성이 크다는 소리다.

거기다가 이들을 이끄는 수장이니 뭔가를 알고 있을지도 모른다.

날아드는 검을 급히 옆으로 물러서며 피하는 모습을 보며 괴한의 눈초리가 살짝 내려갔다.

마치 비웃는 것 같은 형상이다.

"황급히 피하는 꼴이 마치 쥐새끼 같군."

"후후!"

가벼운 웃음소리와 함께 설무린이 손을 뻗었다.

"허억!"

빠르게 다가온 손이 그의 목젖을 스쳤다.

급히 뒤로 물러섰기에 망정이지 그렇지 않았다면 당장이라도 숨이 끊어질 뻔했다.

손가락이 할퀴고 지나갔는지 목 부위가 따끔거린다.

‘이놈이!’

자신도 모르게 비명을 내지른 것이 부끄러웠는지 괴한은 분에 겨워 부들부들 떨었다. 그의 몸에서 진득한 살기가 흘러나오기 시작했다.

분에 겨워 화를 쏟아내는 그와 달리 설무린은 태연하기만 하다.

부들부들 떨던 괴한이 다시금 검을 움직였다.

휘리릭!

날아드는 검을 보면서 설무린이 몸을 돌리며 그대로 손바닥을 휘둘렀다. 손바닥과 검날이 부딪쳤다.

까앙!

“크윽!”

손과 충돌한 것이 아니다.

돌, 아니, 그 이상의 단단한 것과 부딪쳤다는 착각이 들 정도의 충격이 손을 통해 온몸을 저릿저릿하게 만든다.

이 정도일 거라고는 상상도 하지 못했다.

자신도 모르게 뒷걸음질친 채로 손목을 감싸 쥐고 있던 괴한의 눈이 설무린에게 향했다.

여러 가지 상념들이 뒤섞인 복잡한 시선이다.

‘대체 이놈은…….’

생전 처음 보는 자다.

천명검파에 있는 모든 자들에 대해 조사를 해봤지만 이놈의 정체만큼은 알아내지 못했다.

그나마 며칠 전 장터에서 일으켰던 일 때문에 주의해야 할 인물이라고는 생각했지만 이 정도는 아니었다.

마유를 이겼기에 기껏해야 천명검파의 두 노괴(老怪) 정도로 생각했다.

하지만 아니다.

혈노와 흑죽파파는 강하기는 하지만 결코 자신을 이토록 당혹스럽게 만들 수준이 못 된다.

놀랐던 마음을 추스르며 괴한은 검을 다시금 잡았다.

"죽인다!"

"말로는 뭘 못할까."

"건방진 놈!"

"건방지다고 귀에 딱지가 일 정도로 들었으니 굳이 네가 상기시켜 주지 않아도 돼."

"닥쳐라!"

파라랑!

검이 묘하게 날아든다.

맹렬하게 회전하면서 움직이는 검은 머리부터 떨어져 내렸다. 설무린은 떨어져 내리는 검을 피하면서 그대로 좌장(左掌)을 휘둘렀다.

퍼억!

좌장에서 터져 나온 장력을 괴한은 급히 비튼 검으로 막아냈다.

하지만 그 충격을 이기기 어려웠는지 그는 뒤로 밀려나면서 거칠게 발걸음을 놀렸다.

급하게 놀린 발걸음 탓에 잘게 흙먼지가 피어올랐다.

"헉헉."

숨소리가 거칠다.

복면 안은 이미 땀으로 범벅이 돼서 무척이나 답답하다. 마음 같아서는 얼굴을 덮고 있는 이 복면을 당장이라도 벗어버리고 싶은 심정이다.

하지만 자신의 얼굴을 결코 드러내서는 안 되기에 마음대로 할 수도 없는 입장이었다.

상대는 아직 손에 들린 검도 쓰지 않은 상태다.

"망할!"

뿌득!

이를 갈면서 괴한이 다시금 움직였다. 그의 손에서 제법 강렬한 검법이 터져 나왔다.

구름 속에 용이 노니는 듯하다는 무공. 유하면서도 그 안에 강함을 내포하고 있는 검법이다.

검법이 펼쳐지는 순간 설무린의 눈빛이 살짝 변했다.

지금 괴한이 펼치는 무공의 정체를 알기 때문이다. 검이 크게 날개를 펼치며 날아들었다.

설무린은 설풍수라마검의 사초식인 수라환영(修羅幻影)을

펼쳤다.

“……!”

자신이 펼쳤던 검법을 뒤덮으며 덮쳐 오는 수라환영 초식에 괴한은 크게 당황했다.

갑작스럽게 사방에서 쏟아지는 검세들이 그를 피할 곳 없이 가두어 버렸다.

급하게 뒤로 물러나면서 초식을 계속해서 펼치려던 괴한의 복부를 향해 설무린이 거리를 좁히면서 발을 찔러 넣었다.

퍽!

“컥! 이, 이놈…… 우웩!”

초식을 운용하고 있는 와중에 일격을 당하자 괴한은 그대로 피를 쏟아냈다.

억지로 검을 땅에 박아 넣은 채 몸을 지탱하고 있는 그에게 다가오며 설무린이 중얼거렸다.

“용풍북두검법(龍風北斗劍法).”

“네, 네놈……!”

그 이름을 듣는 순간 괴한은 뻣뻣하게 굳은 채로 설무린을 올려다봤다.

지금 설무린의 입에서 나온 것은 방금 전 자신이 펼쳤던 검법의 이름이기 때문이다.

문제는 그것이 소요문의 무공이라는 점이다.

“총 열두 개의 초식으로 이루어진 검법, 일 초에서 십이 초

까지 두 번으로 나뉘어져 쏟아져 나오는 것이 특징. 소요문의
독문절기……. 또 있나?"

"…누구냐, 넌."

"내가 누구냐고? 나도 잘 모르겠는걸."

당황했다는 말로 끝날 정도가 아니다.

어떻게 생전 처음 보는 놈이 소요문의 절기를 단번에 알아
볼 수 있단 말인가. 더군다나 그 무공의 특징까지 알고 있다.

소요문의 인물 중에서도 소수만이 알고 있는 검법이다. 그
리고 실전에서는 웬만해서는 사용을 자제한 탓에 크게 알려
지지도 않았다.

한데 어떻게!

설무린이 능글맞게 웃으면서 말했다.

"나에게 궁금한 게 많은 모양인데 나도 너한테 궁금한 게
많아서 말이야."

"네놈을 억지로라도 데리고 가야겠다."

"그게 가능하다면!"

더는 여유가 없다.

이놈을 이곳에 둔다면 자신들의 정체가 발각되었다고 봐
도 과언이 아니다.

괴한의 정체는 바로 소요문 문주인 백양천의 큰아들인 백
군명이었다.

그는 다른 자식들과는 달리 백양천의 또 다른 모습을 아는

자다.

그런 그이기에 지금 설무린의 존재가 소요문에게 어떠한 영향을 끼칠지 직접 실감하고 있었다.

반드시 데리고 가야 한다. 그것이 불가능하다면 죽이기라도 해야 한다.

지금 백군명이 이곳으로 데리고 온 자들은 돈을 주고 고용한 살수들이다.

모두 몰살하더라도 설무린만은 처리해야 한다.

뒤쪽에서 펼쳐지는 싸움은 백중지세다. 하지만 시간이 점점 흐를수록 자신들에게 유리한 방향으로 흐를 것이 분명하다.

뒤늦게 끼어든 두 명의 무공은 혈노와 흑죽파파에 비하면 한 수 아래다. 하지만 그 둘을 제한 다른 자들은 백군명이 데리고 온 살수들의 적수가 되지 않는다.

남은 것은 단 한 명.

백군명의 눈에서 흉흉한 살광이 터져 나왔다.

'…죽여서라도 입을 막아야 한다!'

백군명의 검에 새하얀 검기가 덧씌워지면서 빛나기 시작했다. 설무린의 검에서도 차가운 한기가 서서히 퍼져 나갔다.

파악!

도약한 백군명의 손에 들린 검에서 날카로운 검기가 터져 나왔다.

쏟아져 나오는 검기를 향해 설무린 또한 맞서 나갔다.

그는 망설이지 않고 다시금 수라환영의 초식을 펼쳤다.

변화무쌍하게 검이 날아들자 백군명 또한 용풍북두검법의 용풍불류화(龍風不流花)의 초식으로 맞대응했다.

시원하게 몰아치는 바람이 수라환영의 초식을 집어삼키려 했다. 하지만 그것은 결코 쉬운 일이 아니었다.

바람을 갈라 버리면서 날카로운 수라환영의 초식이 백군명에게 쏟아졌다.

너무나 쉽게 자신의 초식이 무너져 내리자 백군명으로서는 크게 당황할 수밖에 없었다.

용풍북두검법은 결코 이토록 허망하게 무너질 검법이 아니었다.

"이익!"

그는 급하게 뒤로 몸을 물리면서 날아드는 검을 막아냈다. 그때 검을 휘두르고 있던 설무린의 몸이 갑자기 코앞까지 다가왔다.

"헉!"

정확하게 거리를 계산하면서 물러서던 백군명이었기에 당황할 수밖에 없는 상황이다.

갑작스럽게 거리가 좁혀지자 반항도 하지 못한 채로 백군명은 수십 차례 쏟아지는 설무린의 주먹에 무방비한 상태로 두드려 맞기만 했다.

퍽퍽!

"크윽……!"

한 사발은 됨직한 피를 쏟아내면서 백군명은 땅을 나뒹굴었다.

제법 강한 자였지만 설무린이 상대하기에는 그의 무공은 너무나 얕다. 그로서는 지금 설무린이 펼친 격보를 이해할 수가 없을 게다.

쓰러진 백군명은 움직일 수가 없었다. 주먹에 두드려 맞은 탓도 있지만 그 와중에 설무린이 정확하게 혈도를 제압해 버렸기 때문이다.

빠르면서도 정확한 손놀림이다.

백군명을 제압한 설무린이 나지막한 목소리로 북설의 이름을 불렀다.

"북설."

숨어 있던 그녀가 모습을 드러냈다.

설무린은 쓰러져 있는 백군명을 바라보면서 북설에게 명령을 내렸다.

"저놈을 데리고 잠시 몸을 감추고 있어."

"알겠습니다."

북설은 자신보다 훨씬 무거울 백군명을 어깨에 들쳐 메고는 그대로 허공으로 솟구쳤다.

"저, 저놈이!"

그러한 북설의 모습을 봤는지 남은 두 명의 수장 중 하나가 그녀를 향해 비수를 날렸다.

내기(內氣)가 담긴 비수는 매서운 소리를 터뜨리면서 허공을 갈랐다.

쒜에엑!

설무린은 재빠르게 허공을 향해 지법을 쏘아냈다.

팅!

허공을 가르던 비수는 북설에게 닿지 못했다.

설무린의 지법에 맞은 비수는 차갑게 얼어붙은 채로 땅으로 떨어져 내렸다.

뱀처럼 차가운 눈으로 설무린이 비수를 날린 자를 응시하자 그는 그 차가운 눈동자에 자신도 모르게 움찔하면서 뒤로 물러서고야 말았다.

설무린은 검을 들고 천천히 싸움터로 다가가기 시작했다.

지독히도 차가운 한기가 주변을 뒤덮었다.

第三章

금룡검(金龍劍)

그가 소요문의 일인자다

지옥도를 방불케 하는 밤이었다.

밤에 벌어진 전투에서는 양쪽 모두 적지 않은 피를 흘렸다. 천명검파를 기습했던 자들은 대부분 목숨을 잃었다. 살수답게 잡히기 전에 목숨을 끊는 자들이 부지기수였다.

그 탓에 대부분의 흉수들은 목숨을 잃은 상태다. 천명검파 또한 건물도 박살 나고, 고용했던 무인들의 일부가 죽는 등 적지 않은 피해를 입었다.

천명검파를 습격했던 자들이 모두 쓰러지고 나서야 침묵이 찾아들었다.

"빨리빨리 움직이게!"

　망가진 세가와 시신들의 문제는 혈노가 맡아서 처리하고 있었다.
　설무린은 허공을 바라봤다.
　북설이 사라진 쪽이다.
　그는 뒤쪽에 서 있는 천인호를 바라보며 말했다.
　"생포한 놈들을 전부 가둬. 난 잠시 할 일이 있어서."
　"그리하지요."
　말을 마친 설무린은 북설이 사라진 곳을 향해 훌쩍 몸을 날렸다.
　그의 신형이 단숨에 허공으로 쑤욱 하고 솟구쳤다.
　그 모습에 주변에 있던 다른 자들의 입에서 감탄 어린 탄성이 터져 나왔다.
　방금 전 있었던 일을 잊기라도 한 것처럼 그들은 고개를 들고 설무린이 사라진 방향을 바라봤다. 그리고 그 안에는 천인호 또한 있었다.
　'정말 대단해. 젠장, 미치게 부럽군.'
　그의 강함이 무척이나 부러운 천인호다.

　설무린은 정확하게 북설이 있는 장소를 찾을 수 있었다.
　제법 커다란 나무에 북설은 몸을 숨기고 있었다.
　은밀히 몸을 감추고 있던 그녀는 자신의 옆으로 설무린이 나타나자 몸을 일으켜 세웠다.

북설은 여전히 그 괴한을 등에 메고 있는 상태였다. 그 모습이 제법 우스워 설무린은 터져 나오는 웃음을 참았다. 그는 손을 뻗어 북설의 어깨에 걸쳐져 있는 괴한을 들어올려 자신이 들쳐 멨다.

막 이동하려던 설무린은 높은 곳에서 내려다본 마을의 전경에 잠시 넋을 잃은 것마냥 주변을 둘러봤다.

한눈에 주변의 모습이 빨려 들어온다.

"제법 멋지군."

말을 마친 설무린이 북설을 보며 슬쩍 웃으면서 말했다.

"내려가자."

그녀가 급하게 고개를 끄덕였다.

괴한을 들쳐 멘 설무린이 먼저 사람들이 볼 수 없는 곳을 향해 뛰어내렸다. 그리고 그 뒤를 북설이 쫓았다.

가볍게 몇 번 몸을 날린 설무린은 사람들의 눈을 피할 수 있는 공간에서 멈추어 섰다.

북설이 옆에 내려서자 그는 손을 뻗어 괴한의 얼굴을 가리고 있는 복면을 벗겼다.

스윽.

땀으로 젖어버린 복면을 벗긴 설무린의 표정이 일순 멍하니 변해 버렸다.

그러더니 이내 그는 참을 수 없는지 웃음을 흘리기 시작했다.

“큭큭큭! 이거야 원, 일이 재미있게 되어가는군.”

벗겨진 복면에서 드러난 백군명의 얼굴을 설무린은 잘 알기 때문이었다.

몰래 숨어서 보름에 가까운 시간 동안 소요문을 관찰했다. 그런 그가 소요문의 소문주인 백군명을 모를 리가 없다.

“예상보다 큰 놈을 잡았어. 설마 소요문 문주의 아들일 줄은 몰랐는데 말이야. 후후, 그만큼 얕봤다는 말인데…….”

실패할 거라고 전혀 생각하지 않았다는 소리다.

그런 생각을 조금이라도 했다면 결코 백군명을 보내지는 않았을 게다. 실패하게 됐을 경우 발을 빼지 못할 증거가 되니까.

솔직히 말해 소요문의 입장에서는 얕잡아보기 충분했다.

그리 대단하지 않은 무인들을 긁어모으기만 했을 뿐 실질적으로 제대로 된 무인은 얼마 되지 않았다.

이 정도의 살수들이라면 청명검파를 뒤집기에 충분하고도 남았다.

문제는 그들의 계산 안에 설무린과 북설이 없었다는 거였다.

그것이 바로 소요문이 실패를 한 원인이다.

‘소요문이 손을 쓰기 전에 이쪽에서 나서야겠군.’

북설과 단둘이라면 소요문이 어떠한 수를 쓰든 피해 나갈 자신이 있었다. 하지만 천명검파까지 신경 써줘야 하는 지금은 더더욱 치밀하게 행동해야 한다.

돌아와야 할 백군명이 오지 않으니 분명 소요문 문주인 백양천은 거사가 실패했음을 알아차릴 게다. 그래서 다른 수를 쓰기 전에 먼저 움직이려는 거다.

어차피 백군명은 혈도가 완벽하게 제압된 상태다.

다른 누가 혈도를 풀어주기 전에는 결코 스스로 일어날 수 없다.

백군명은 천명검파에 놔두면 안 된다. 그렇게 된다면 백양천이 어떻게 해서든지 그를 되찾으려고 할 게다. 그럼 싸움은 커지게 된다.

그래서는 안 된다.

애초부터 소요문이 천명검파에게 덤벼들지 못하게 해야 한다.

"소요문에 가야겠다."

"지금 말입니까?"

"일각이 급할 때거든. 그들이 다시 움직이기 전에 우리가 찾아간다. 놀랄 백양천의 얼굴이 상당히 궁금하군. 어떠한 표정으로 날 속이려 할지. 후후!"

말을 마친 설무린이 백군명을 짊어진 채 그대로 몸을 날렸다.

그의 몸이 어둠 속에 동화되면서 사라졌다. 하지만 북설 또한 은신과 경공에서는 설무린보다 위다.

그녀의 몸이 나무에서 순식간에 지워졌다.

백군명을 안전한 곳에 맡긴 설무린은 북설과 함께 소요문이 보이는 높은 나무 위에 올라섰다.

이 정도의 거리라면 단 한 번의 도약으로 안으로 잠입하는 것도 가능하다.

중요한 것은 최대한 소란을 일으켜서는 안 된다는 거다.

싸우러 온 것이 아니라 협상을 하러 온 것이다. 아무리 백양천이 지독한 자라고 해도 자식이 잡혀 있다는데 함부로 행동할 수 있을 리가 없다.

더군다나 천명검파가 소요문에 커다란 위협이 되는 것도 아니다.

아마도 백양천은 휴전을 받아들일 것이다.

그리고는 숨긴 백군명을 찾으려고 노력할 게 분명하다. 하지만……

'당신이 아무리 기를 써도 백군명은 못 찾아.'

설무린이 백군명을 숨긴 장소는 바로 북해빙궁의 인물들이 있는 곳이었다.

설군표는 흡혈잠마지독에 당하기 직전에 이미 이곳 근방에 소요문을 감시할 자들을 보내놓은 상태였다.

이곳에 오기 직전 야율초재에게 서신을 받고서야 알 정도로 은밀히 진행됐던 일이다.

설무린이 이곳의 정세를 꿰뚫어봤던 것은 그들의 도움이 있었기 때문이다. 그렇지 않았다면 이처럼 단기간에 소요문에 대한 많은 것을 안다는 것은 불가능했다.

그들은 완벽히 음지에 몸을 감추고 있었다.

북해빙궁의 인물들이 먼저 모습을 드러내지 않는 이상 소요문은 절대 그들을 찾을 수 없다.

설무린은 상념을 끝냈다.

두 눈에 소요문 안에서 꿈틀거리는 조그만 불빛들이 들어온다. 아마도 순찰을 하는 자들일 게다.

"들어가자."

북설이 고개를 끄덕이자 설무린이 몸을 날렸다. 그리고 거의 동시에 그녀 또한 나무를 박차고 허공으로 도약했다. 두 사람의 몸은 허공을 가르며 소요문 안으로 빨려 들어갔다.

소요문에 잠입하자마자 둘은 약속이라도 한 듯 양쪽으로 갈라지면서 은폐할 만한 곳에 몸을 감췄다.

설무린은 멀리 나무에 몸을 기대고 있는 북설을 보면서 내심 감탄했다.

'정말 몰라지게 강해졌어.'

마치 자신의 생각을 읽기라도 한 것처럼 미리미리 알아서 행동하는 것도 맘에 든다.

그림자무사가 되겠다고 하더니 정말로 그림자 하나가 생긴 기분이다.

달칵.

쉿소리에 설무린은 더더욱 고개를 숙이면서 소리가 난 쪽을 바라봤다.

허리에 찬 검이 흔들리면서 소리를 낸 모양이다.

경계를 서는 자인지 손에 작은 유등 하나를 들고는 이쪽으로 다가오고 있었다.

하지만 그자의 모습에서는 전혀 긴장한 기색을 찾기 어려웠다.

길게 하품을 한 그는 졸린 눈을 하고 억지로 걷고 있었다.

"하암."

유등을 들지 않은 왼손으로 눈을 비비며 그가 스치듯이 지나갔다.

숨을 죽인 채 움직임을 감시하던 설무린은 그가 이내 모습을 감추자 그제야 자리에서 일어났다.

이미 소요문 내부의 지리는 모두 외운 후였다.

북해빙궁의 인물들은 이미 내부의 지리나 무인들의 정체까지 모두 파악해 놓은 상태였다.

덕분에 일이 쉬워졌다.

설무린과 북설은 그대로 건물의 지붕 위로 올라섰다. 아직 달이 지기는 이른 시각.

'한 시진이다.'

한 시진 후면 해가 떠오른다. 그전에 모든 일을 끝내고 이곳을 빠져나가야 한다.

둘의 몸이 빠르게 소요문을 가로질렀다. 기왓장을 밟으면서 달렸지만 조그마한 소리도 나지 않는다. 둘의 경지가 그 정도로 높았기에 가능한 일이었다.

눈먼 벙어리들만 있는 소요문을 파고드는 것은 결코 어렵지 않았다.

소요문 문주 백양천이 머무는 내원에 도착하자 그들은 지붕에서 내려섰다.

백양천은 만만하지 않은 자다.

쉽사리 행동했다가는 이쪽의 패는 꺼낼 틈도 없어질지 모른다.

내원에 잠입은 했지만 설무린과 북설은 몸을 감추고 기회를 엿봤다. 그의 방으로 가기 위해서는 바로 앞을 지키는 둘을 통과해야만 했다.

다행인 것은 오랫동안 아무런 일도 없어서 그런지 그들에게 긴장감이 없다는 점이었다. 거의 형식적으로 방을 지키고 있다고 봐야 옳다.

퍼뜩 뭔가를 떠올린 설무린이 북설을 바라봤다.

그녀에게는 설무린이 놀랄 정도의 대단한 장기가 있다.

"소리를 내서 한 놈을 이끌 테니 목소리를 잘 들어."

전음을 날린 설무린은 망설이지 않고 땅에 있는 돌 하나를 집어 내기를 담아 손가락으로 멀리 있는 나무를 향해 쏘았다.

쉭!

퍽!

제법 큰 소리였기에 지루한 표정을 짓고 있던 둘의 안색이 확 바뀌었다. 문을 지키던 둘은 소리가 난 쪽을 바라봤다.

제법 거리가 떨어진 곳이기는 하지만 소리가 난 이상 확인해 봐야 한다.

둘 중 한 사내가 옆에 있는 동료의 옆구리를 쿡 찌르면서 말했다.

"자네가 가봐."

"내가?"

"자네 쪽에서 난 소리 아닌가."

"참나, 귀찮다고 별 핑계를 다 대는구만."

퉁명스레 말한 자가 소리가 난 방향으로 향했다.

설무린은 한 명이 모습을 감추는 것을 보고 북설을 쳐다봤다.

그녀가 고개를 끄덕인다.

준비가 됐다는 소리다.

한 사내의 모습이 사라지고 난 후다. 북설이 입을 열었다.

"어이, 잠깐 이리 와보게."

몇 마디 들은 것뿐이지만 북설의 목소리는 방금 전 사라진 사내와 거의 흡사하게 변해 있었다.

자세히 듣는다면 조금 다르겠지만 그 정도로 예민하게 목소리에 주의를 기울일 리가 없다.

문을 지키던 다른 자가 동료가 사라진 쪽을 바라봤다.

모습도 보이지 않자 그가 툴툴거렸다.

"망할! 자기한테 시켰다고 심술 부리는 거야 뭐야."

그는 어쩔 수 없다는 표정으로 동료가 사라진 쪽으로 움직여 갔다. 그리고 그 기회를 설무린과 북설이 놓칠 리가 없었다.

둘의 몸이 그대로 백양천의 방으로 들어갔다.

빠른 움직임이었지만 아무런 소리도 나지 않았다.

살짝 연 문을 통해 둘이 안으로 들어섰다.

제법 커다란 방, 이런저런 것들이 방을 가득 채우고 있었다. 그리고 한 명이 쓰기에는 제법 커다란 침상 하나가 구석에 자리해 있었다.

그런데 예상외의 일이 벌어졌다.

침상에 누워 있어야 할 사내가 정자세로 앉아서 두 눈을 똑바로 뜬 채로 있었다.

백양천은 잠들어 있지 않았던 것이다.

자고 있었다면 모를까 멀쩡하게 깬 상태에서 두 명이 문을 열고 들어섰다.

눈에 보였는데 알아차리지 못했을 리가 없다.

백양천은 베개 옆에 둔 검에 손을 가져다 댔다.

둘이 이곳에 들어오기 전까지 기척도 알아차리지 못했다.

그 말은 곧 침입자가 엄청난 고수라는 걸 뜻한다.

하지만 그는 평정을 잃지 않았다.

방 안에 들어선 둘은 이내 백양천이 깨어 있다는 것을 알아차렸다. 다소 놀랍기는 했지만 동요하지는 않았다.

어차피 죽이러 온 것이 아니라 대화를 하러 온 것이다.

낯선 둘의 등장에도 불구하고 무감각한 어조로 백양천이 말했다.

"어떻게 들어왔지?"

"그것보다 우리가 누구인지가 더 궁금하지 않습니까? 내가 당신 입장이면 그럴 것 같은데."

"좋아, 말을 바꾸지. 너희들의 정체는 뭐냐?"

"거, 인생 쉽게 살려고 하는군. 내가 그리하랬다고 바로 그리하다니."

설무린 특유의 말투에 백양천은 슬쩍 노기를 드러냈다. 그렇지만 섣불리 움직이지는 않았다.

내심 다행이라는 생각이 백양천의 머리를 스쳤다.

원래 같았다면 잠들었을 시간.

만약 그랬다면 저 둘이 자신의 목을 베어가도 몰랐을지도 모른다.

운이 좋았다.

오늘 천명검파를 뒤집을 자들을 보내면서 그 결과를 듣기 위해 아직까지 잠들지 않고 있었던 게 오히려 득이 되었다.

백양천이 침상에서 일어서면서 검집의 검을 뽑았다.

스르룽.

검을 뽑는데도 불구하고 둘은 아무런 제지도 하지 않는다. 검이 반쯤 뽑혔을 때다.

"백군명 제가 데리고 있습니다."

움찔.

검을 뽑아 들던 손이 멈췄다.

동시에 백양천은 놀란 눈으로 설무린을 바라봤다. 하지만 이내 냉정을 되찾아 평소의 모습으로 돌아왔다.

비록 아주 짧은 순간이었지만 그 미세한 변화를 설무린이 모를 턱이 없었다.

태연하면서도 놀란 척 백양천이 질문을 던졌다.

"백군명을 데리고 있다니? 그게 무슨 소리냐?"

'시치미를 뚝 떼시겠다?

예상했던 일이기에 설무린은 전혀 동요하지 않았다.

어차피 처음부터 순순히 속내를 보일 거라고 생각하지 않았으니까.

더군다나 분명 백군명이 귀하기는 하지만 자신들의 거사를 위해서라면 피눈물을 삼키고 자식을 희생시킬지도 모르는 일이었다.

북해빙궁을 뒤집으려는 세력은 거대한 힘이다. 결코 소요문 따위가 독단적으로 벌일 일은 아니라는 확신이 있다.

"모르시는 모양이군요. 그렇다면 참 철이 없는 아들을 두셨군요."

"철이 없다니?"

"오늘 아들 분이 살수들을 이끌고 천명검파를 기습하셨더군요. 덕분에 이쪽에서 적지 않은 피해를 입었습니다."

"뭐라고? 그게 정말인가!"

정말로 놀란 듯이 백양천이 소리를 질렀다. 하지만 그의 행동을 예상하고 있던 설무린으로서는 그런 백양천의 행동이 우습기만 할 뿐이었다.

하지만 원하는 것이 있으니 장단에 맞춰줄 수밖에.

"이 늦은 밤에 찾아와 헛소리나 할 정도로 한가하지는 않습니다."

"…무슨 일인지 도통 모르겠군. 사실이라고 믿을 수가 없어. 왜 군명이가 천명검파를 기습한단 말인가. 그 아이가 그럴 이유가 없어. 혹시……."

의심이 간다는 표정으로 백양천이 설무린과 북설을 바라본다. 그 시선이 어떠한 의미를 담고 있는지 알 수 있었다.

자신들이 한 잘못을 무마시키면서 오히려 우기려고 드는 것이다.

한데 문제는 그것이 먹힐 수 있다는 것이다.

천명검파는 오랫동안 모습을 감췄다가 불현듯 모습을 드러냈다.

그에 반해 소요문은 청해성에서 알아주는 정파로 꼽힌다.

표면적으로는 아무런 힘도 없는 천명검파를 굳이 무너뜨려야 할 이유가 소요문에게는 없다.

사람들이 누구 편을 들지는 안 봐도 알 수 있는 일이었다. 그들이 마음만 먹는다면 천명검파가 오히려 백군명을 납치했다고 몰아 정파의 적으로 만들 수도 있는 상황이다.

증인이라고 내세울 사람들이 모두 천명검파의 사람들이기 때문에 더더욱 그렇다.

마음을 정했는지 노기 어린 표정으로 백양천이 설무린을 향해 소리쳤다.

"당장 내 아들을 돌려주지 못할까! 네놈들의 더러운 술수에 놀아날 정도로 우리 소요문은 만만치 않다."

"그렇게 나올 줄 알았습니다. 하지만 증인이 있다면 이야기는 달라지겠지요."

증인이라는 말에 백양천은 내심 움찔하면서도 결코 겉으로 내색하지 않았다.

하지만 그의 속내는 시커멓게 변해 버렸다. 정말로 무림에서 알아주는 자가 증인이라고 나선다면 소요문의 입장도 난처해질 것이 분명하다.

귀찮은 일이 벌어질까 싶어 백양천의 머릿속이 복잡해졌다.

잠깐의 계산을 끝내고 다소 수그러진 어투로 백양천이 설무린에게 물었다.

"증인이라니? 누구냐, 그 증인이라는 자가?"

"나요."

"뭐라고?"

"못 들었습니까? 당신 눈앞에 있는 바로 내가 증인이지요. 난 천명검파의 사람이 아니니까."

"감히 누굴 가지고 장난질이냐!"

잠시지만 걱정을 했던 자신이 우습다.

눈앞에 있는 자가 천명검파의 사람들이 아니라는 것은 얼추 알고 있다.

분명 이 사내가 얼마 전 장터에서 백자흠과 일을 일으켰던 그자일 게다.

하지만 천명검파의 인물이 아니라고 해서 모두 제대로 된 증인이 될 수는 없었다.

당당하게 돌변한 그가 목청을 높였다.

"네까짓 놈이 증인이 될 수 있을 리가……."

"북해빙궁의 소궁주라면 충분하다고 생각하는데요."

코웃음을 치면서 말을 내뱉던 백양천이 갑자기 입을 닫았다. 그의 표정이 확 하니 변했다.

자신의 귀가 잘못된 것이 아닌가 하는 표정으로 백양천은 설무린을 응시했다.

북해빙궁의 소궁주라니.

그런 작자가 왜 하릴없이 이곳에 모습을 드러내서 천명검파의 일에 개입한단 말인가.

"네가, 아니, 당신이 북해빙궁의 소궁주라고?"

"믿기 어렵습니까?"

"북해빙궁의 소궁주가 어째서 이곳에서 천명검파를 돕는지 의아해서 그렇소."

백양천의 말투가 공손하게 변했다.

정말로 상대가 북해빙궁의 소궁주일지 자신할 수는 없지만, 만약 그것이 사실이라면 소요문의 문주인 백양천이 함부로 대할 상대가 아니었다.

비록 중원이 아닌 새외에 있는 곳이라고는 하지만 그들의 힘은 구파일방 중 몇 개는 합쳐야 상대할 수 있을 정도로 거대했다.

소요문 정도로 이름을 내밀 곳이 아니라는 소리다.

쉽사리 믿기 어려운 일이지만 상대의 표정이 너무나 당당하다.

그리고 나이에 어울리지 않게 높은 그들의 무공 또한 소궁주라고 자신을 밝힌 사내의 말에 믿음이 가게 만든다.

사단이 벌어졌다.

'정말로 이자의 말이 사실이면 큰일이야! 젠장, 생각지도 않은 북해빙궁의 등장이라니.'

차라리 곤륜파가 개입했다고 해도 이처럼 막막하지는 않

을 게다.

북해빙궁은 청해성과 그리 멀리 떨어져 있지도 않다. 함부로 행동했다가는 다가올 보복도 만만하지 않다.

북해빙궁의 소궁주가 증인이 된다고 한다면 중원 그 어떤 문파도 소홀하게 대하지는 못할 것이다.

이 일에 대해 깊게 파고드는 상황이 생겨서는 결코 안 된다. 아무리 큰 피해를 입더라도 그것만큼은 반드시 막아야 한다.

'이놈들을 여기서……'

눈앞에 있는 둘을 죽일까 일순 생각했지만 그러한 생각은 금세 접었다.

한 명이라면 모를까 둘을 상대로 자신이 이길 승산이 보이지 않는다.

거기다가 북해빙궁의 소궁주라면 어딘가에서 호위하는 자들이 있을 수도 있었다. 그게 아니라고 해도 소궁주가 소요문에 왔다는 것 정도는 그들도 파악하고 있을 것이다.

그러한 상황에서 소궁주가 실종된다면 가장 먼저 의심되는 게 소요문일 것은 당연하다.

은밀하게 처리하기에는 너무 늦었다는 소리다.

'…아비를 용서해라.'

답을 내렸다.

자식인 백군명을 버려야 한다. 놈을 감싸려 들다가는 소요문이, 아니, 그 뒤에 있는 다른 자들까지 위험해질지도 모르는 상황이다.

백양천이 깊은 한숨을 내쉬면서 손에 들고 있는 검을 떨어뜨리면서 침상에 주저앉았다.

그가 고개를 파묻으면서 중얼거렸다.

"후…… 대체 무슨 일인지 모르겠소. 내 자식놈이 어째서 천명검파를 급습했는지…… 차라리 그놈과 나를 만나게 해주시오. 내 모자란 자식놈이 무슨 생각으로 그 같은 일을 벌였는지 알아보리다."

침통한 목소리로 말하는 백양천의 목소리에서는 크나큰 절망이 느껴졌다. 하지만 애초부터 설무린은 이 같은 상황을 계산했었다.

'백군명을 버리겠다 이 속셈이군. 자식까지 이처럼 과감하게 버리게 만드는 놈들이라…….'

그 뒤에 있는 세력이 무엇인지는 아직도 깜깜하지만 적어도 엄청난 힘을 지니고 있음이 분명하다. 소요문은 그러한 세력의 아주 일부밖에 되지 않을 게다.

그만큼 큰 무리를 이끌 수장이 될 정도로 백양천은 큰 인물이 아니라는 확신도 있다.

설무린이 아무런 말도 하지 않자 백양천이 재차 부탁했다.

"자식놈을 만나겠소. 직접 만나 해결 보리다."

"아니, 그럴 필요는 없습니다."

“그럴 필요가 없다니…… 무슨 뜻이오?”

“만나서 이야기를 나눈다고 해서 천명검파의 죽은 사람이 살아서 돌아오지는 않는다는 말이지요.”

설무린의 말에 백양천의 손가락이 꿈틀했다.

지금 그가 한 말을 어떻게 받아들여야 할지 섣불리 답이 내려지지 않아서다.

그때 설무린은 전혀 예상하지 못했던 방향으로 일을 풀어나갔다.

“풀어드리죠.”

“푸, 풀어준다고?”

“예, 백군명이라는 자를 풀어주겠습니다.”

풀어준다는 말에 오히려 백양천은 걱정스러운 마음이 일었다. 잘은 모르지만 지금 눈앞에 있는 사내는 결코 손해 보는 일을 할 자로 보이지는 않았다.

그렇다면 바라는 것이 분명 있다는 소리인데…….

예상은 적중했다.

“대신 조건이 있습니다.”

“조건이 무엇이오?”

“적지 않은 피해를 입은 천명검파의 앞날을 돌보아주셔야겠습니다.”

“천명검파의 앞날을 돌봐달라고?”

“자식이 저지른 일인데 그냥 모르는 척하시지는 않겠지요.

소요문은 명문정파 아닙니까.”

“그렇기는 하지만…….”

백양천은 당황하면서 급히 말을 추슬렀다.

망하게 해야 할 천명검파를 오히려 지켜달란다. 문제는 지금 설무린의 조건을 거절할 입장이 아니라는 거다. 그가 자신의 신분을 드러내고 천명검파에서 있었던 일을 밝힌다면 앞으로의 일들이 힘들어진다.

설무린의 조건은 계약이 아니다. 무조건 따라야 하는 명령이라고 봐야 옳았다.

만약 이 조건을 받아들인다면 앞으로 소요문은 천명검파를 건드릴 수가 없다. 아니, 조건을 받아들이지 않는다고 해도 소요문은 천명검파를 건드릴 수가 없게 되었다.

설무린이 살아 있는 이상 그것은 불가능하게 되어버렸다.

다소 걸리는 조건이기는 하지만 오늘 있었던 일이 밝혀지는 것만은 막아야 한다.

“좋아, 그렇게 하겠네. 내 못난 자식놈이 벌인 일이니 우리 소요문이 책임을 져야지.”

“후후, 말이 잘 통해서 좋군요.”

설무린이 이상야릇한 미소를 지으면서 백양천을 바라봤다. 그 눈빛을 마주하는 순간 백양천은 자신도 모르게 심장이 덜컥 하고 떨어지는 듯한 기분에 휩싸였다.

마치 심장을 파헤치는 느낌이 들게 만드는 눈빛이었다.

불쾌했지만 그런 속내를 드러내서는 안 된다. 지금은 꾹 참고 모든 걸 넘겨야 할 때다.

그 와중에서도 백양천은 중요한 것을 알아내기 위해 말을 돌리며 물었다.

"천명검파에 계속 있을 생각이오?"

"이제 떠날 겁니다."

"허, 천명검파가 설마 북해빙궁과 연이 있을 줄은 몰랐소."

"북해빙궁과 연이 있는 게 아니라 제가 잠시 지낼 곳이 없어 식객으로 들어갔던 거죠. 그러던 차에 일이 생겨 공짜 밥만 먹기 미안해서 잠시 도운 게 이렇게 된 겁니다."

설무린의 말에 백양천은 고개를 끄덕였다. 그가 생각하기에도 딱히 천명검파와 북해빙궁이 이어질 만한 고리가 보이지 않아서다.

수긍한다는 듯이 행동하면서 백양천은 가장 알아야 할 것에 대해 슬쩍 캐물었다.

"그런데 북해빙궁의 소궁주가 왜 청해성에 나타난 건지 모르겠군. 무슨 일이라도 있으신 게요? 있다면 우리 소요문이 힘 닿는 만큼 도와드리겠소."

도와준다는 말에 설무린이 뒷머리를 긁적거리면서 곤란하다는 표정을 지었다. 그러자 백양천은 두 눈을 빛내면서 뭔가를 잡아냈다고 확신했다.

'뭔가가 있군! 놓쳐서는 안 된다.'

더 떠보려는 순간 설무린이 주변을 두리번거리더니 조심
스럽게 입을 열었다.

"부끄러워서 말을 안 하려고 했는데…… 사실 신붓감을 구
하러 나왔습니다."

"시, 신붓감?"

"후후! 아버지께서 신붓감도 구할 겸 중원이라는 곳을 한
번쯤 경험해 보라고 해서 겸사겸사 나왔지요. 마침 북해빙궁
도 답답하던 터라 말입니다."

백양천이 믿을 수 없다는 듯이 멍한 눈으로 설무린을 바라
봤지만 그러한 시선을 모르는 것마냥 그는 신이 나서 혼자 이
야기를 쏟아냈다.

"중원의 여인들은 사근사근하면서도 도도하다던데…… 북
해빙궁의 여인들은 그런 맛이 조금 없어서 밋밋하지요. 무릇
여인이라면 두 가지 얼굴이 있어야 매력 아니겠습니까. 큭
큭."

"내게 딸이 있으면 소개라도 싶어주고 싶지만 아쉽게도 나
에게는 딸이 없어서 말이오."

"됐습니다. 어차피 시간은 넘치고 가야 할 곳은 많으니까
요. 중원을 돌다 보면 제 배필 하나 구하지 못하겠습니까."

설무린의 말에 처음엔 당황했던 백양천이지만 급히 농담
섞인 말로 대꾸를 해주면서 대화를 이끌었다.

그는 속으로 길게 한숨을 내쉬었다.

‘우리와 얽힌 것은 우연인 것 같군.’

조사를 해봐야겠지만 지금 설무린이 거짓말을 하는 것 같 지는 않았다.

백양천이 내심 안도할 때였다.

“그럼 저는 이만 가보죠.”

“곧 날이 밝을 텐데 조식이라도 들고 가게.”

“아닙니다. 말씀드린 것처럼 갈 곳이 많은지라… 저와 한 약조는 지키시라고 믿습니다. 자제 분의 행동도 잘 감시하셔 야 할겁니다.”

“앞으로 절대 그런 일은 없게 하겠소. 그러니 그 일은 걱정 하지 않아도 될 거요.”

“그럼 믿고 이만 가겠습니다. 나중에 시간이 되면 또 찾아 뵙지요.”

“그러시오.”

설무린은 여전히 웃으면서 몸을 돌렸다.

뒤에서 가만히 서 있던 북설 또한 그를 쫓아 움직였다.

들어올 때와는 다르게 당당하게 둘은 문을 열고 바깥으로 걸어나갔다.

갑작스럽게 문이 열리며 둘이 바깥으로 걸어나오자 문에 서 적당히 떨어져 있던 무인들이 크게 당황하면서 안쪽을 바 라봤다.

그들이 공격하려고 하자 안에 있던 백양천이 급히 손을 들면서 말했다.

"손님이니 그냥 가게 두어라."

"아, 알겠습니다."

그들은 자신들의 이목을 완전히 속였던 둘의 모습에 놀란 눈치였다.

하지만 백양천은 문을 지키던 수문위사들에게 아무런 말도 하지 않았다.

자신도 알아차리지 못할 정도의 자들이다.

조용히 문을 닫은 백양천은 침상으로 다가가 숨을 가다듬었다. 하지만 결국 솟구치는 분을 참지 못하고 침상 머리맡에 있는 찻잔을 들어서 그대로 벽에 집어 던졌다.

쨍그랑!

찻잔이 산산이 부서지면서 땅바닥에 나뒹굴었다.

그의 얼굴이 시뻘겋게 변했다.

애써 솟구치는 분노를 참아내려고 했지만 그게 쉽게 되지 않았다.

굴욕을 당했다.

억지로 웃으면서 대하기는 했지만 대화를 하는 내내 놀림을 당하는 것 같아 참기 어려웠다.

"감히 날……."

오늘의 이 수모는 반드시 갚아줄 것이다.

백양천은 분을 삭이며 급히 자리에서 일어났다. 지금 바로 연락을 취해야 할 곳이 있었다.

그들과 앞으로 천명검파와 관련된 일에 대해 이런저런 상의를 해야 한다.

소요문을 나온 설무린은 하늘을 올려다봤다. 슬슬 해가 뜰 시각이 되어가는지 어둑어둑했던 하늘이 점점 밝게 변해오기 시작했다.

뒤에서 따라오던 북설이 조심스럽게 입을 열었다.

"떠나실 겁니까?"

"그래야지."

한동안 천명검파는 위험하지 않을 것이다.

소요문은 힘이 없는 천명검파를 건드리기보다는 그냥 놔둘 공산이 크다.

자신을 죽여 입을 막기 전까지는 소요문은 그들을 건드릴 수 없다.

이곳에서 천명검파를 계속해서 도와줄 정도로 시간이 넘치지 않는다. 이곳 소요문에 있다고 북해빙궁을 뒤집으려는 자들의 정체를 알아낼 수는 없다.

소요문을 들쑤셔 놨으니 그 후에는 알아서 움직일 것이다. 그것은 지금 이 근방에 있는 북해빙궁의 인물들이 알아서 해결해 줄 게다.

"발등에 불이 붙었으니 백양천이 움직이지 않고는 못 베길

걸. 놈의 꼬리를 잡으면 결국 또 다른 뭔가를 잡을 수 있을 거야."

문득 자신이 신붓감을 찾으러 왔다는 말에 당황해하던 백양천의 모습이 떠오른다.

웃음을 참느라 꽤나 힘들 정도로 그의 표정을 우스꽝스러웠다.

"후후, 좋아. 이 기회에 팔불출이나 한번 돼봐야겠군."

이제부터 자신에 대한 소문이 빠르게 퍼질 것이다. 동시에 북해빙궁의 소궁주가 무림에 나선 것에 대한 의문들을 제기할 게 뻔하다.

이왕 이렇게 시작된 거 신붓감을 구하러 중원에 나온 남자가 되어보련다.

일부에서는 그런 자신을 보면서 비웃음을 흘릴 거라는 걸 안다.

그렇지만 그렇게 해서 놈들의 눈을 속일 수만 있다면 큰 문제도 아니다.

'이것도 나름 재미있을 것 같군.'

부끄럽기는커녕 오히려 흥미가 돈다.

第四章

곤륜파(崑崙派)

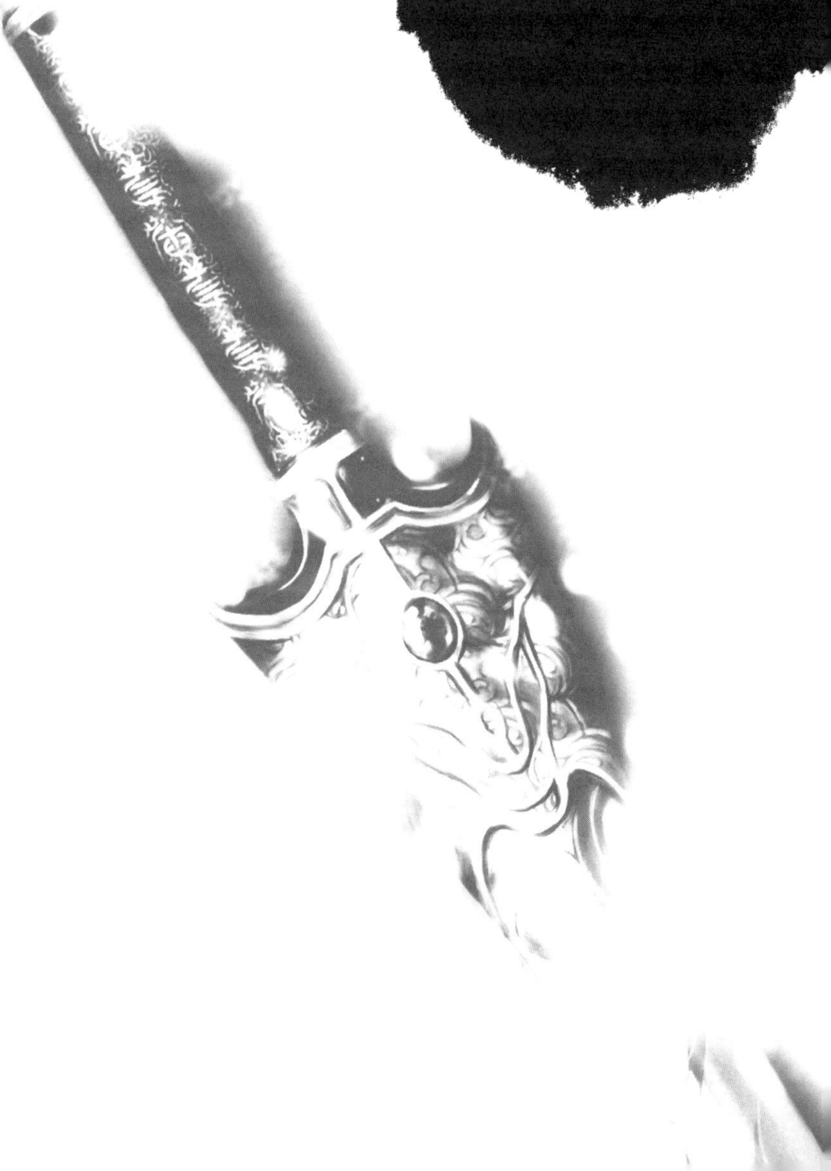

　백양천과의 만남 후 설무린은 빠르게 천명검파에 관련된 일을 정리해 갔다.

　잡아두었던 백군명을 데리고 다시금 천명검파로 돌아간 그는 전후 사정을 설명했다.

　처음에는 백군명을 순순히 돌려주자는 설무린의 제안에 반발했던 그들도 상황에 대한 이야기를 듣자 고개를 끄덕이면서 수긍했다.

　설무린과 북설이 잠시 이곳을 떠난다는 사실에 천인호는 불안한 표정을 짓기는 했지만 소요문이 자신들에게 해코지를 하기 힘들 거라는 말을 들었는지라 애써 웃으면서 둘을 배웅

했다.

그리고 또 설무린의 수하들이 뒤를 봐줄 거라는 소리도 들었기에 큰 걱정은 하지 않기로 했다.

천명검파와의 일을 정리하자 설무린은 바로 북설과 단둘이 다시금 말을 몰고 마을을 벗어났다.

제법 오랜 시간 이 마을에서 머물렀다.

이제부터 소요문에 관련된 모든 정보는 설군표가 보내놓은 자들을 통해 설무린에게 들어올 것이다.

얼마의 시간이 소요될지는 모르겠지만 그리 오래 걸리지는 않을 것이다.

설무린은 우선 말 머리를 약왕전이 있는 강서성을 향해 돌렸다.

중간에 무슨 일이 생길지 모르지만 우선은 그곳으로 가서 흡혈잠마지독에 관한 단서를 찾아야 한다.

청해성과 강서성은 무척이나 멀리 떨어져 있다. 거의 끝에서 끝이라고 봐도 될 정도의 거리다.

마음 같아서는 청해성 바로 아래쪽에 붙어 있는 사천성의 사천당문에 먼저 들르고 싶었지만 그러기도 뭐한 사정이 있었다.

사천당문과 북해빙궁 사이에 있었던 사건 때문이다.

야율초재조차도 사천당문만큼은 피하라고 이야기했을 정도다. 그들에게 도움을 받을 수 있을 확률은 무척이나 적다는 걸 알기에 굳이 먼 곳에 있는 약왕전에 먼저 가려는 거다.

말 위에 앉아 청해성의 성도인 서녕(西寧)을 향해 말을 몰며 설무린이 혼잣말처럼 투덜거렸다.

"대체 아버지는 무슨 짓을 하고 다녔기에 적만 사방에 가득하군."

사천당문에 가지 못하는 이유는 설무린도 어렴풋이나마 추측하고는 있었다.

그것은 북해의 아내이자 북설의 어머니인 당미진이라는 여인과 관련이 있을 게다.

설군표가 당했던 그 연회가 있던 날 매여령이 중얼거렸던 그 이름. 사천당문의 당미진이라고 했다. 아마도 그녀와 얽힌 무엇인가가 있을 것이다.

그때 말이 멈추어 서더니 고개를 치켜들면서 푸르릉거렸다. 아무것도 먹지 못하고 종일 달리자 말조차도 배가 고프다며 화를 내는 모양이다.

"배가 고픈 건 나도 마찬가지다, 이놈아."

말이 사람의 말귀를 알아들을 리는 만무하지만 용케도 말은 다시금 멈췄던 발을 움직였다.

설무린 때문에 잠시 멈추어 섰던 북설 또한 그의 움직임에 맞추어 다시 말을 몰기 시작했다.

달리는 말 위에서 품에 넣어두었던 지도를 펼쳐 보던 설무린이 가볍게 혀를 찼다.

“쳇, 역시 무리였나.”

밤을 지새우고 달려볼까도 생각했지만 자신이라면 몰라도 말은 버텨내지 못할 것 같다.

더군다나 뱃가죽이 등에 붙을 정도로 배가 고프다며 뱃속도 아우성치고 있다.

여러 가지 이유로 당장에 서녕까지 달리려 했던 생각을 접을 수밖에 없었다.

말의 속도를 천천히 늦추며 설무린은 몸을 뉘일 만한 곳을 찾기 시작했다.

일각가량을 나아가며 두리번거리던 그는 적당한 장소를 찾아내곤 말에서 뛰어내렸다.

말고삐를 나무에 묶어놓고는 설무린은 짐을 풀었다.

북설 또한 자신이 타고 있던 말을 옆에다 묶었다.

근방에 풀도 제법 있어 말들 또한 주린 배를 채울 수 있을 것이다.

짐을 뒤지던 설무린은 말린 고기를 바라보다가 가볍게 고개를 저었다.

꽤나 오랫동안 말린 고기로만 식사를 했더니 이제는 입에서 비린 맛이 날 정도다.

“제대로 된 것 좀 먹어야겠다. 나무 좀 모아서 불을 붙여놔. 가서 먹을 걸 구해올 테니까.”

“그리하겠습니다.”

잠시 북설을 바라보던 설무린이 몸을 돌려 나무들 사이로 모습을 감췄다.

사라진 지 얼마 되지도 않아 그는 커다란 멧돼지 한 마리를 질질 끌고 모습을 드러냈다.

막 불을 붙이는 것에 성공한 북설은 거의 사람만 한 멧돼지를 보며 놀란 표정을 지었다.

북해동에서 거의 평생을 보내왔던 그녀로서는 멧돼지라는 것을 생전 처음 보는 것이었다.

"멧돼지를 처음 보는 건가?"

"아, 이것이 멧돼지……."

"사실 이렇게 큰 놈을 잡을 생각은 아니었는데 갑자기 달려들더라고. 덕분에 이렇게 빨리 오기는 했지만. 잠깐, 생각해 보니 괘씸하군! 험악하게 생긴 돼지 주제에 감히 나에게 덤비다니!"

설무린의 반응이 재미있는 모양인지 북설은 살짝 입가에 미소를 머금었지만 억지로 그 웃음을 누르려고 했다.

북설의 표정을 보던 설무린은 그녀가 억지로 미소를 지우자 아쉽다는 듯이 한마디 했다.

"웃고 싶으면 웃어도 돼. 말투도 일부러 딱딱하게 할 필요도 없고."

"아닙니다. 그림자무사는 감정이라는 게 있어서는 안 되고……."

"그건 누가 정했대?"

"누가 정한 것은 아니지만……."

할 말을 찾지 못해 북설이 잠시 머뭇거리자 설무린이 말을 가로챘다.

"우리 아버지와 북해는 서로를 믿더군. 직접 보지는 못해서 장담은 못하겠지만 평소 말하는 걸 봐서는 틀림없을 거야."

"그러셨을 겁니다."

북설 또한 북해에게 이런저런 이야기를 들었던 터라 설무린의 말에 쉽사리 수긍했다. 다른 사람은 모르겠지만 북설은 북해를 잘 안다.

그는 겉으로는 사람들과 잘 지내는 듯싶지만 실제로 마음을 터놓지는 않는다.

그런 북해가 유일하게 마음을 열었던 자가 바로 북해빙궁의 궁주인 설군표였다.

그것만으로 둘의 사이가 얼마나 가까웠을지 알 수 있다.

"사실 난 너처럼 측근이라고 부를 정도의 수하를 둘 생각은 없었어. 성격이 하도 괴팍해서 누군가를 챙겨주지 못하거든. 귀찮기만 하고. 난 내 생각하기에도 바쁜 놈이니까."

"알고 있습니다. 저희 아버지와의 약조를 지키시려고……."

"그런 이유도 있지만 그게 다는 아니야."

북해와의 약조이기에 받아들인 것은 사실이다. 하지만 그

내면에는 설군표와 북해의 사이가 내심 부럽기도 했다. 그랬기에 그녀를 받아들인 건지도 모른다.

"뭐, 자세한 이야기는 됐고. 어쨌든 간에 네가 내 그림자무사인 이상 우리는 싫어도 오랫동안 함께해야 될 거 아냐. 재미없는 녀석이 옆에 있을 생각을 하면 끔찍하단 말이야. 할 말이 있으면 하고 웃고 싶으면 웃어. 그 정도로는 그림자무사로서의 본분에 어긋나는 행동이 아니니까."

"노력은 해보겠습니다."

노력은 해보겠다고 하면서도 전혀 변화가 없는 그녀의 말투에 설무린은 고개를 저었다. 하지만 북설의 성격상 그리 쉽게 변하라고 해서 변할 리도 만무하다.

이건 시간을 두고 천천히 해결해야 할 일이었다.

'야율처럼 재미없는 사람이 되면 곤란하지.'

야율초재를 생각하면서 설무린은 끔찍하다는 듯이 살짝 몸을 떨었다.

그는 조그마한 소도를 꺼내 들고 멧돼지의 몸을 손질하기 시작했다.

옆에서 돕겠다는 듯이 다가오는 북설을 설무린이 손사래를 치면서 말렸다.

아직 그녀는 이런 일들에 익숙하지 않다.

북해동에서 이러한 일을 할 기회가 없었기 때문이다.

대신 북설은 설무린의 손을 뚫어져라 바라봤다. 손질하는 방법을 익히기라도 하려는 것처럼 말이다.

너무 커다란 멧돼지였기에 설무린은 먹기 좋은 부위만 잘라냈다.

아무리 식성 좋은 사내들이라고 해도 예닐곱가량은 붙어야 먹을 수 있을 것 같은 큰 놈이다.

설무린과 북설이 다 먹는 것은 애초부터 무리였다.

불 위에 올라간 멧돼지에서 지글지글 끓는 소리가 나기 시작했다.

동시에 노릇노릇한 익어가는 고기에서는 제법 군침이 넘어갈 법한 냄새가 나기 시작했다.

설무린과 북설은 나무에 꽂힌 고기를 빼내서 주린 배를 채웠다.

막 식사를 시작했을 때 설무린이 귀를 세우며 옆으로 시선을 돌렸다.

거친 발걸음 소리가 멀리서 들려왔기 때문이다.

그리고 이어지는 쇳소리.

북설은 손에 들고 있는 고기를 내려놓으며 검 손잡이에 손을 가져다 댔다.

여전히 고기를 들고 있던 설무린이 그러한 그녀의 행동을 제지했다.

"어차피 이쪽으로 오는 것도 아니야. 굳이 낄 필요는 없지."

“아.”

협객이라 불리는 자들이었다면 뒤도 보지 않고 싸움터를 향해 몸을 날렸겠지만 아쉽게도 설무린은 그러한 협객과는 거리가 무척이나 먼 사내였다.

설무린의 말에 북설 또한 검에서 손을 떼고 다시금 고기를 집었다.

전혀 상관하지 않으며 손에 들린 고기를 씹어 삼키던 설무린의 표정이 변했다.

분명 다른 쪽으로 향하던 발자국이 급히 이쪽으로 선회한 탓이다.

“뭐야?”

“이쪽으로 오는 것 같습니다.”

“참나, 식사도 제대로 못하겠군.”

중얼거리면서 정체를 알 수 없는 자들이 달려오는 방향으로 고개를 돌렸을 때다. 어둠 속에서 세 명의 젊은 남녀가 불쑥 모습을 드러냈다.

“저희를 좀 도와…….”

선두에 서 있던 사내가 급히 도움을 구하다가 설무린과 북설의 얼굴을 보더니 말을 흐렸다.

자신들에게 도움을 줄 법한 무인이기를 빌었거늘 눈앞에 드러난 자들이 그 수준에 미치지 못한다고 생각한 모양이다.

세 명의 남녀의 옷차림은 엉망이었다.

병기에 의해 이리저리 찢어지고 피까지 잔뜩 묻어 행색이 말이 아니다.

그렇게 엉망인 상태인데도 불구하고 눈에서는 영롱한 기운이 흘러나오는 것이 제법 알려진 정파에 소속된 무인들인 모양이다.

"뭡니까, 당신들."

설무린이 쏘아보면서 말했다.

하지만 대답은 그들이 아닌 뒤에서 쫓아오는 자들이 대신했다.

촤라락!

날카로운 검기들이 사방을 휩쓸면서 잠시 멈칫했던 세 남녀가 그대로 앞으로 몸을 던졌다. 거친 움직임 탓에 흙먼지가 일면서 고기를 향해 덮쳐 왔다.

"가지가지 하는군."

설무린은 일어나는 흙먼지를 향해 가볍게 손을 저었다.

그러자 놀랍게도 피어오르던 흙먼지가 그대로 가라앉았다.

물론 다급하게 몸을 피한 세 명에게는 그러한 것이 눈에 들어오지 않았겠지만 말이다.

사방을 휩쓸고 간 검기가 주변에 있는 나무들을 베어 넘겼다.

설무린은 여전히 고기를 든 채로 어둠을 가르며 모습을 드러낸 자들을 바라봤다.

상처가 많은 험악한 얼굴들이다.

한눈에 봐도 도적이라는 것을 알아차릴 정도로 그들은 험상궂은 외모의 소유자들이었다. 하지만 그냥 도적들이 이처럼 검기를 쏟아낼 수는 없다.

무림과 관련된 도적들.

녹림(綠林)이다.

무슨 일인지 모르겠지만 이 세 명은 녹림도들의 집요한 추적에 쫓기는 모양이었다.

상태를 보아하니 꽤나 오랫동안 죽을 고비를 넘겨온 것 같긴 한데…….

문제는 설무린은 이들에게 전혀 관심이 없다는 점이다.

그는 지금 식사를 방해한 이들에게 짜증이 먼저 치솟는 상황이었다. 그런 설무린의 마음을 모르는 녹림도들로서는 여전히 득의만만한 미소를 짓고 있었다.

"쥐새끼들처럼 잘도 도망가는구나! 곤륜삼성(崑崙三星)이라는 별호가 우습군."

"닥쳐라, 이놈! 더럽게 머릿수를 이용해서 우리를 핍박한 주제에."

"크크크! 그 무슨 멍청한 소리냐. 숫자를 이용해서 싸우는 것 또한 훌륭한 싸움의 방식 중 하나일 뿐이다. 어리석게 우리에게 잡힌 너희의 잘못이지."

곤륜삼성이라면 곤륜파의 무인들이다. 그리고 그중에서 가장 빼어난 세 명의 젊은 남녀를 가리켜 곤륜삼성이라고 불렀다. 이 셋이 바로 차후의 곤륜파를 책임질 곤륜의 후기지수(後起之秀)들이라는 거다.

어깨에 경미한 부상을 입어 피를 흘리고 있던 여인이 나서면서 앙칼지게 쏘아붙였다.

"우리에게 이러고도 와룡채(臥龍寨)가 무사할 것 같아요? 곤륜파가 가만히 두지 않을 거예요."

"그런 걱정은 안 해도 된단다, 아가야. 시신 처리야 우리가 전문이지. 아예 세상에서 존재했다는 자체를 없애줄 테니까 곤륜파가 우리에게 복수를 할 수도 없을 게야. 으흐흐!"

"이익! 더러운……!"

"우리를 건드린 것이 너희 연놈들이었으니 죗값을 받는다고 생각해라."

"건드리긴 누가 건드렸다고! 시비를 건 것은 그쪽이잖아!"

"흐흐, 이유야 어쨌든 건드린 것은 사실 아니냐."

능글맞게 웃으면서 말하는 사내의 입가가 실룩였다.

제법 군침이 도는 계집이다. 곤륜파에서 소문난 미녀답게 그녀는 사람의 마음을 흔드는 대단한 외모를 지녔다. 그냥 죽이기에는 아깝다.

음심을 품으면서 미소를 짓던 와룡채의 채주 염구(廉九)의 시선이 불가에 앉아 있는 둘에게로 향했다.

순간 그는 헛바람을 들이킬 정도로 놀라 버렸다.

커다란 고기 조각 하나를 든 채로 자신을 바라보는 여인의 눈을 마주하는 순간 커다란 돌이 머리통을 후려친 듯한 충격에 휩싸여 버렸다.

방금 전까지 곤륜파의 여인에게 품었던 음심은 사라지고도 남았다.

단숨에 모든 관심이 이 낯선 여인에게로 향해 버렸다. 그리고 그건 염구뿐만이 아니었다.

이곳에 나타난 와룡채의 녹림도들 전부가 북설을 바라보면서 반쯤 홀린 상태였다. 그들이 짓는 시선의 의미를 눈치챈 설무린이 히죽 웃으면서 자리에서 일어났다.

식사를 방해한 곤륜삼성이라는 놈들도 맘에 안 들기는 매한가지지만 북설을 가지고 저 같은 표정을 짓는 녹림도 놈들이 더 짜증이 났다.

설무린이 움직이자 잠시 넋을 잃었던 염구가 정신을 차렸다.

그가 험악한 표정을 지으면서 설무린을 향해 버럭 소리를 질렀다.

"움직이지 마라!"

하지만 그런 염구의 협박에 기가 죽을 설무린이 아니다. 그는 고함을 지르는 염구의 말을 깨끗이 무시하면서 자리에서 일어났다.

설무린이 일어나자 북설 또한 고기를 급하게 내려놓았다.

염구의 표정이 구겨졌다.

"이놈 봐라?"

"식사를 방해한 걸로 모자라 어디서 명령이야."

"하하! 이놈이 간이 부었나. 내가 누구인지 알고 덤비는 것이냐!"

"무서운 얼굴로 아이들 푼돈이나 뜯어먹게 생겨 가지고는 어디다가 고개를 들이밀어."

"…죽고 싶냐?"

어처구니없다는 듯 웃던 염구가 딱딱하게 표정을 굳혔다. 그로서는 살려달라고 빌어도 그럴 생각이 없는 놈 하나가 기어오르는 걸로밖에 보이지 않았다.

어차피 이 자리에 있던 자들은 모두 죽여야 한다.

곤륜삼성을 와룡채가 건드렸다는 사실은 자신들만의 비밀로 남겨야 한다. 지나가던 사람이었다고 해도 이 일을 본 이상 죽인다.

잘못했다가 곤륜파와 척을 지게 될 수도 있으니 어떻게든 이 일을 비밀에 묻어버리려는 거다.

설무린의 강경한 태도에 곤륜삼성은 내심 당황했다.

두려워해야 할 당사자가 오히려 와룡채의 녹림도들에게 비웃음을 날린다.

검을 차고 있는 것을 보아하니 무인.

그렇지만 그리 대단할 거라는 생각은 들지 않는다.

외양을 떠나서 이 근방에서 가장 강한 문파는 누구에게 물어도 곤륜파라고 말할 것이다.

그 곤륜에서 가장 강한 후기지수들이 바로 이곳에 있는 곤륜삼성이다.

와룡채는 녹림칠십이채(綠林七十二寨) 중에서 서열 이십위 안에 드는 자들이다.

거기다가 지금 맨 앞에서 커다란 눈으로 살기를 쏟아내는 자가 그 와룡채의 채주인 염구다.

그는 녹림칠십이채에서도 제법 알아주는 고수 중 하나다.

그런 염구가 와룡채에서 정예라고 부를 만한 자들 이십 명을 이끌고 나와 이곳에 있다.

곤륜삼성의 맏이 격인 조중산(趙重山)이 급히 설무린의 앞으로 다가가면서 말했다.

"괜한 자들에게 피해를 줄 수는 없네. 어서 도망치게. 우리가 시간을 벌겠네."

"눈물 나게 고마운 말이긴 한데 그럴 필요 없소."

"이, 이보시오! 저들은 그냥 산도적이 아니라 녹림도란 말이오! 섣부른 객기로 나섰다가는……."

"섣부른 객기? 지금 섣부른 객기를 부리는 것은 당신들이 아니오."

곤륜삼성이라고는 하지만 염구가 이끄는 와룡채의 정예들

이다.

그들의 힘으로 와룡채를 무너뜨린다는 것은 무리다.

"말이 심하잖아요! 지금 우리는 당신들을 도우려고 하는 건데…….''

"애초부터 당신들이 이쪽으로 오지 않았으면 우리 식사도 망치지 않았어."

곤륜삼성의 막내이자 유일한 여자인 유자경(柳慈敬)은 설무린의 반박에 입을 닫고야 말았다.

그의 말대로 이들에게 문제가 일어나게 만든 것은 자신들이 아니던가.

머뭇거리는 그녀를 보면서 설무린이 툭 하고 말을 내뱉었다.

"그리고 돕는다는 건 힘이 있는 사람에게나 가능한 말이오."

말을 마친 설무린은 와룡채의 녹림도들이 있는 쪽을 향해 걸음을 옮기기 시작했다.

그의 손이 허리춤으로 내려오는 듯싶더니 금세 검을 뽑아 들었다.

곤륜삼성이 당황해서 설무린을 저지하려고 할 때 북설이 그런 셋을 스치면서 설무린을 뒤쫓아갔다.

조중산은 둘의 행동에 당황하지 않을 수가 없었다.

'바보 같긴!'

어떻게든 이들이 도망칠 시간은 벌어줘야 한다. 조중산은 다른 둘을 바라봤다.

손옥상(孫玉尙)과 유자경은 그의 생각을 알아차렸는지 고개를 끄덕였다.

와룡채 채주 염구는 설무린이 아닌 북설을 바라보면서 마른 침을 꿀꺽 삼켰다.

그리고 음흉한 미소를 지었다.

곤륜삼성이라는 어린 놈들에게 당한 부하들의 복수를 하러 왔다가 횡재를 했다. 오히려 죽은 그들에게 고마운 마음까지 들 정도다.

"어이, 목 조심해. 달아난다."

염구가 음흉한 웃음을 흘리자 설무린이 한마디 경고와 함께 검을 움직였다.

뒤쪽에서 뛰어들어 시간을 벌어주려던 곤륜삼성의 움직임이 동시에 멈칫했다.

스르륵.

웃음을 흘리고 있던 염구의 바지 끈이 잘리면서 안에 있던 그의 고의(栲衣)가 드러났기 때문이다.

여유있는 모습을 보이고 있던 염구는 갑자기 뭔가 하반신이 허해지자 고개를 내렸다가 두 눈을 부릅떴다.

이토록 많은 사람들 앞에서 고의를 드러낸 것이다.

"이익!"

그의 시선이 바로 앞에서 다가오던 설무린에게로 향했다. 단숨에 그는 이러한 일이 벌어진 이유를 알아차렸다. 다가서던 설무린이 어깨를 으쓱했다.

"이봐, 좀 씻고 다니지 그래. 고의가 누렇다 못해 아주 새카맣군."

"다, 닥쳐라, 이놈!"

언제 검이 날아들었는지도 모르겠다.

화가 솟구쳐 소리를 지르기는 했지만 오싹하다. 만약 처음부터 바지 끈이 아닌 목을 노렸다면 지금쯤 목이 떨어져 나갔을지도 모른다는 생각에서다.

설무린을 도우려던 곤륜삼성의 둘째인 손옥상이 멍한 눈으로 옆에 있는 조중산에게 물었다.

"형님, 보셨소?"

"…못 보았다."

"난 내 눈이 잘못된 줄 알았는데 그게 아닌 모양이군요."

날아드는 검을 보지 못했다.

곤륜삼성이라 불리며 제법 자신들의 무공에 자신하던 그들이다.

그런 그들이 지금 이름조차 모르는 한 사내가 휘두른 검을 눈으로 좇지도 못했다.

잘려져 버린 바지 끈을 움켜쥔 채로 엉거주춤 서 있는 염구의 행색은 꽤나 우스웠다.

뒤쪽에 있던 염구의 수하 중 하나가 큰 소리로 웃으면서 소리쳤다.

"껄껄! 채주, 그게 무슨 꼴이오!"

"망할 놈! 뭐가 그리 우스워?"

염구의 수하이자 와룡채의 부채주인 구회(具懷)가 호탕하게 앞으로 나섰다.

그는 덩치가 무척이나 큰 거구의 사내였다.

구회의 손에는 자신에 덩치에 어울리는 몽둥이 하나가 들려 있었다.

구회는 몽둥이를 휘저으면서 말했다.

"애송이놈, 혼쭐나 봐야 정신을 차리겠구나. 감히 우리 채주를 우스갯거리로 만들다니 말이야. 그 배포 하나는 칭찬해주지! 당장 내 앞으로 와 고개를 숙이고 용서를 빈다면 최소한 깨끗하게 죽여주지."

"행색은 영락없는 곰인데 옷을 입고 말까지 하는군. 하여튼 오래 살고 볼 일이라니까."

"큭! 좋다, 어디 네 검이 그 세 치 혀만큼 날카로운지 한번 보자!"

부웅!

몽둥이가 그대로 떨어져 내렸다.

무지막지한 힘이 실린 일격을 설무린은 옆으로 움직이면서 피해냈다. 몽둥이에 담긴 경력이 터져 나오면서 땅바닥이 움푹 파졌다.

쾅!

어마어마한 괴력이다.

"휴, 미련한 곰답게 힘 하나는 무지막지하군."

"이놈이 아직도!"

옆으로 물러서면서 놀려대는 설무린을 향해 이번에는 몽둥이를 사선으로 휘둘렀다. 그런데 피할 거라고 생각했던 설무린이 검을 들어올려 구회의 몽둥이와 정면으로 충돌해 왔다.

묵직한 손맛이 몽둥이를 타고 느껴졌다.

제대로 맞았다!

"끝이다, 요놈!"

재빠르게 멱살을 움켜쥐면서 싸움을 끝내려던 구회는 아랫배에 이는 통증을 이기지 못하고 뒤로 물러섰다.

몽둥이를 받고도 전혀 충격이 없었는지 설무린은 편안한 얼굴로 그를 바라보고 있었다.

뒤로 물러선 구회의 아랫배에는 투명한 무엇인가가 박혀 있었다.

배에 틀어박힌 암기를 빼려고 손을 가져다 댔던 구회는 그것에서 느껴지는 한기에 깜짝 놀랐다. 그는 배에 틀어박힌 것의 정체를 알아차렸다.

그것의 정체를 아는 순간 구회는 크게 놀라고야 말았다.

‘어, 얼음? 얼음이 갑자기 어디서…….’

믿을 수 없지만 만져 본 이상 틀리지 않을 게다.

배에 틀어박힌 것은 얼음이다. 문제는 지금 계절이 가을이라는 것이다.

겨울이 오려면 아직 많이 남은 이 시점에 대체 어디서 얼음이 나타나서…….

"안됐지만 무식한 곰에게 당할 정도로 어눌하지는 않거든."

"네, 네 정체가 뭐냐?"

"내 정체? 식사를 하다가 방해받아 기분 상한 사람."

"도저히 못 참겠군. 얘들아, 준비해라! 오늘 이놈에게……켁!"

싸움을 지켜보고 있던 염구가 참지 못하고 수하들을 이끌고 움직이려고 했을 때다.

바람처럼 다가선 북설이 그의 뒤로 다가가 팔목으로 목을 감싸 안았다.

크게 소리치려던 염구는 말을 끝마치지 못하고 괴이한 소리를 토해냈다. 숨이 갑자기 턱하니 막혀온다. 동시에 차가운 검날이 목에 닿아 있다.

"움직이면 목을 긋겠습니다."

"이, 이년이! 당장 놓지 않으면……!"

몸을 돌리려는 순간 북설의 검이 슬쩍 움직이면서 목에서 피가 주르륵 흘러내렸다.

살짝 파고든 것뿐이지만 그것만으로도 염구의 움직임을 굳게 만들기에는 충분했다.

방금 전까지 바라보면서 군침을 넘기던 계집이다. 그 계집이 보이지 않을 정도로 빠르게 다가와 뒤를 잡아버렸다.

이렇게 완벽히 제압당했으니 목숨을 취하려 든다면 언제라도 가능하다.

분에 못 이겼는지 염구의 얼굴이 새빨갛게 변했다.

알지도 못하는 남녀에게 온갖 수모는 다 당하고 있다. 마음 같아서는 당장에 요절을 내버리고 싶지만 문제는 이미 자신의 목숨이 상대방의 손에 있다는 거다.

염구의 명줄이 그대로 잡혀 버리니 와룡채의 다른 녹림도들도 움직임을 멈추고 서로의 눈치를 보기 시작했다.

찰나의 순간에 부채주는 당했고, 채주는 여인에게 숨통을 잡혀 버렸다. 그 과정이 너무나 빨라서 제대로 상황을 파악하기도 힘들 정도였다.

분했지만 염구는 움직이지 않았다.

그 또한 무공을 익혔고, 녹림칠십이채 중 하나를 맡고 있는 채주다.

이 둘이 자신이 상대하기 힘든 고수라는 확신이 든 이상 섣부르게 움직이지 않는다.

채주의 자리까지 오르기 위해서는 무공만으로 되는 게 아니다. 눈치가 없었다면 채주의 자리에 오르기 전에 목숨을 잃었을 게 분명하다.

너무나 손쉽게 와룡채의 채주와 부채주가 제압당하자 뒤에서 바라만 보고 있던 곤륜삼성으로서는 당황스럽기 그지없었다. 자신들이 그토록 목숨을 걸고 도망치던 상대들이 너무나 쉽게 제압당해서 눈치를 보고 있다.

"당신이 이 녹림채의 채주야?"

"그, 그렇소."

목젖에 닿아 있는 칼날을 느끼며 주위의 눈치를 살피던 염구가 급히 대답했다.

경험상 이럴 때에 상대방의 기분을 건드려서 좋을 것은 하나 없다.

온몸이 덜덜 떨려왔다.

설무린은 그런 염구의 태도에는 아랑곳하지 않고 자신이 할 말만 내뱉었다.

"마음만 먹으면 당신들 정도 끝내는 데 오랜 시간이 걸리지 않아. 헛소리가 아닌 건 알지?"

"꿀꺽. 물론이오."

마른침을 삼키면서 염구가 대답했다.

차가운 검이 계속해서 목에 닿아 있으니 머리가 돌 지경이다. 분노, 투지 같은 것은 지나가던 개가 비웃을 소리다.

그저 목숨이라도 연명해야 한다는 생각만이 머릿속에 가

득할 뿐이다.

"괜히 피를 묻힐 생각은 없으니까 이만 놔주지. 하지만 또 다시 내 앞길을 막았다가는…… 재미없을 거야."

"아, 알겠소. 내 다시는 당신 앞에 나타나지 않으리라."

우선은 살아야 한다.

복수 같은 건 나중에 생각할 문제고 어떻게든 목숨만은 연명해야 한다.

그래야 무엇을 하던 기회가 생길 테니까 말이다.

"놔줘."

"예."

북설이 멀어지자 그제야 염구는 기침과 함께 거친 숨을 쉬었다.

땅에 주저앉은 채로 기침을 토하는 염구가 고개를 들었다가 설무린과 눈이 마주쳤다.

그는 벼락을 맞은 것마냥 벌떡 일어나더니 급히 수하들을 이끌고 줄행랑을 치기 시작했다.

걸음아 나 살려라 도망치는 그들을 놔둔 채로 설무린은 다시금 불 옆에 자리하고는 내려놓았던 고기에 손을 가져다 댔다.

그 모습을 아무 말 없이 지켜만 보던 곤륜삼성은 지금의 상황이 마치 꿈처럼 느껴졌다.

목숨을 잃을 각오를 하며 이곳까지 도망치면서도 어쩌지

못한 와룡채의 꼴이 단둘에게 우습게 되어버렸다. 그것도 자신들과 비슷한 연배로 보이는 남녀에게 말이다.

조중산이 먼저 설무린과 북해에게 가볍게 고개를 숙이면서 고마움을 표시했다.

"덕분에 목숨을 건졌소. 어떻게 감사의 뜻을 전해야 할지……."

"됐소. 됐으니 앞으로는 괜한 사람까지 휘말릴 일이나 벌이지 마시오. 덕분에 식사가 엉망이 되었으니까."

그때 가만히 서 있던 유자경의 배에서 꼬르륵 하는 소리가 났다.

조그마한 소리였지만 그 소리를 듣지 못할 리가 없다.

사람들의 시선이 자신에게 쏠리자 그녀의 얼굴이 새빨갛게 변했다.

"조, 종일 도망만 다녔잖아!"

"하하! 우리 막내의 얼굴이 아주 홍시처럼 익어버렸군."

"시끄러워!"

손옥상을 향해 매섭게 눈을 흘기며 유자경이 입술을 비죽거렸다.

여인인 그녀로서는 주책없이 배에서 울려 퍼지는 꼬르륵 소리가 달가울 리가 없다.

쥐구멍이라도 있으면 당장이라도 숨고 싶은 심정이다.

그때 손옥상이 설무린의 맞은편에 가 앉더니 말했다.

"남는 고기가 많으신 것 같아 음식 좀 나눠주셨으면 하는
데…… 그래도 되겠습니까?"

"…물에 빠진 사람 구해줬더니 보따리 내놓으라는 심보
군."

"그건 아니죠. 어차피 다 못 먹고 버리실 거 아닙니까."

손옥상이 웃으면서 말하자 설무린이 맘대로 하라는 듯이
손을 휘휘 저었다.

어차피 멧돼지가 너무나 커 둘이서 먹기는 애초부터 그른
문제였다.

허락이 떨어지자 기다렸다는 듯이 유자경은 손옥상의 옆
에 가서 앉았다.

조중산이 서 있자 손옥상이 그를 불렀다.

"아, 형님 뭐 하시오, 어서 와서 앉으시오."

"그놈 참 낯짝 한번 두껍구나."

"사실 나도 배가 고파서 죽기 직전이오. 형님도 매한가지
아니오. 맘씨 좋은 분을 만난 김에 신세 좀 톡톡히 집시다."

어쩔 수 없다는 듯이 고개를 저으면서 조중산 또한 돌 위에
걸터앉았다.

그는 자리에 앉자마자 앞에 있는 설무린에게 다시 한 번 고
개를 숙여 감사의 뜻을 표했다.

"휴."

먹을 것을 입에 넣으며 유자경은 깊은 숨을 내쉬었다.

음식이 입에 들어가자 쌓였던 긴장이 확 하고 풀어진 탓이
다. 한 시진 전까지만 해도 이처럼 평화스러운 장면은 생각도
하지 못했다.

하루 종일 죽지 않으려고 도망쳤다고 해도 과언이 아닐 정
도로 달렸다.

아마 지금 아무런 말도 없이 앉아 있는 이 둘이 아니었다면
이 같은 평화를 느끼지 못했을 게다.

조중산 또한 점잖게 말은 했었지만 배가 고팠는지 제법 급
하게 고기를 씹어 삼켰다.

다섯 명의 사람이 있거늘 배고픔 탓인지 딱히 오가는 말은
없다.

허겁지겁 고기들을 먹는 그들을 보며 설무린이 혀를 찼다.

그럼에도 불구하고 곤륜삼성은 여전히 주린 배를 채우기
에 바빴다.

다섯 명이 멧돼지를 다 먹는 것을 불가능할 거라고 생각했
거늘 그것도 아닌 모양이다.

아주 일부를 제하고는 멧돼지가 깨끗하게 사람들의 뱃속
으로 사라졌다.

그만큼 곤륜삼성이 허기진 상태였다는 소리다.

식사를 다 마친 그들은 포만감에 젖었는지 불가에 쪼그리
고 앉아 몸을 녹였다.

유자경은 피곤한지 반쯤 감긴 눈을 비비면서 애써 잠을 쫓

아냈다.

　잠시 앉아서 눈치를 살피던 조중산이 불을 쑤시고 있는 설무린에게 말을 걸었다.

　"어떻게든 은혜를 갚고 싶은데……."

　"필요없으니까 동이 뜨는 대로 갈 길이나 갑시다."

　"하지만 은혜를 입어놓고 아무런 보답도 하지 않는다면 사람들이 우리를 비웃을 것이오. 공자가 보기에는 우리의 실력이 모자라 보이겠지만 그래도 곤륜삼성이라 불리는 곤륜파의 무인들이오. 아, 그러고 보니 아직 통성명도 안 했구려."

　만난 지 그래도 제법 시간이 되었거늘 아직까지 서로의 이름조차 모르고 있었다. 조중산이 설무린과 북설에게 자신들을 소개했다.

　"난 곤륜삼성의 조중산이오. 그리고 이 아이가 둘째인 손옥상, 저 여아가 유자경. 말했듯이 곤륜파에 몸담고 있소."

　상대방이 자신들을 소개하니 설무린 또한 그냥 넘어갈 수는 없었다.

　"금방 헤어질 사이이기는 하지만 이름 정도 가르쳐 주는 데 돈 드는 것도 아니니 뭐… 난 설무린이라고 합니다. 저 여자는 북설이라고 하고."

　"설씨라…… 흔한 성이 아니군요."

　옆에서 이야기를 듣고 있던 손옥상이 신기하다는 듯이 말했다. 그러면서 그는 내심 설무린이라는 이름을 속으로 되뇌었다. 이 정도의 무인이라면 분명 이야기를 들어본 적이 있을 법했기 때문이다.

그런데 아무리 기억을 더듬어도 설무린이라는 이름은 단 한 번도 들어본 적이 없다.

'이상하다, 이 정도의 무인이라면 모르려고 해도 모를 수가 없는데.'

와룡채를 상대로 보여줬던 무위는 짧은 순간이기는 했지만 너무나 압도적이었다.

조중산이 물었다.

"그런데 설 공자는 어디를 가시는 길이오?"

"일이 있어서 강서로 가는 길이지요. 그런데 막상 가려고 하니 너무 멀어 짜증이 다 날 정도군요."

"강서라……."

청해성에서 강서성까지 간다는 말에 조중산은 고개를 저었다. 듣기만 해도 속이 울렁거릴 정도로 두 곳은 멀리 떨어져 있다. 평범한 사람이라면 일생에 단 한 번 있을까 말까 한 기나긴 여정이다.

옆에서 조용히 이야기를 듣고만 있던 유자경도 강서성이라는 말에 입을 헤벌렸다.

"왕복하면 한 살 더 먹을 정도네."

아무 생각 없이 말을 내뱉었던 그녀는 모두의 시선이 자신에게 향하자 다급히 북설을 향해 손을 저으면서 변명을 해댔다.

"어머, 소저를 가리켜서 한 말 아니에요."

"생각없이 말하기는."

"미안하다니까! 오라버니, 그만 좀 해. 가뜩이나 미안한데……."

유자경은 집요하게 구는 손옥상을 바라보면서 성난 표정을 지어 보였다. 그러자 손옥상은 슬쩍 눈을 내리깔며 그녀의 눈빛을 피했다.

친남매라는 착각이 될 정도로 곤륜삼성의 우애는 각별했다.

둘의 토닥거리는 모습을 보던 설무린이 뒤로 벌렁 누워버리면서 입을 열었다.

"이만 잡시다. 우리는 갈 길이 먼지라 잠이라도 푹 자둬야 해서 말이오."

놀리는 듯한 말투에 유자경이 발끈하기는 했지만 아무런 말도 하지는 않았다. 그들로서는 설무린은 바로 생명의 은인이기 때문이다.

더군다나 방금 전까지만 해도 졸린 눈을 하고 있던 그녀다.

하루 종일 도망치느라 온 기력을 다 뺀 곤륜삼성 또한 피곤한 것은 매한가지였다.

못 이기는 척 자리에 눕자마자 셋은 바로 곯아떨어져 버렸다.

소요문 문주인 백양천은 헛바람을 불면서 자리에서 벌떡 일어났다. 잠에 빠져 있던 그는 어떠한 기척을 느끼고 퍼뜩 잠에서 깬 것이다.

방구석에 언제 나타났는지 모를 두 명의 인물이 의자에 앉아 자신을 바라보고 있다.

늦은 밤 자신의 방에 몰래 잠입한 자다.

당장에 호통을 쳐도 모자랄 판에 침상에서 벌떡 일어선 백양천이 허리를 바닥에 코가 닿을 정도로 숙였다 일어나면서 입을 열었다.

"오셨습니까?"

"연락은 들었다."

놀랍도록 소름이 끼치는 목소리다. 가뭄으로 갈라진 논이 이러할까. 사람의 목소리가 이처럼 소름이 끼칠 수 있다는 것이 놀라울 정도다.

이곳에 나타난 것은 노인 한 명과 중년으로 보이는 사내 하나였다.

노인이 재차 말했다.

"북해빙궁의 소궁주가 이곳에 왔다는 것이 사실이냐?"

"예, 그렇습니다. 그보다 천명검파가 다시 나타났는데 어떻게 할까요?"

"천명검파가 문제가 아니라 설무린 그놈이 문제란 말이다!

모자란 놈!"

노인의 입에서 거친 목소리가 터져 나왔다. 버럭 소리를 지르는 노인의 눈에서 붉은 살광이 흘렀다. 당장이라도 백양천을 찢어 죽을 듯한 기세다.

백양천이 다급하게 말을 이었다.

"죄송합니다. 전 그저 그놈 하나보다 천명검파의 일이 중할 거라고 생각해서……."

"됐다. 네놈이 뭘 알겠느냐. 그깟 천명검파야 어차피 이미 청해성의 실권을 잡은 후니 부활을 하든 망하든 전혀 상관이 없단 말이다. 문제는 그놈인데…… 설무린 그놈이 왜 이곳에 왔을꼬?"

노인은 중얼거리면서 뾰족한 자신의 턱을 어루만졌다.

그가 이곳에 온 것이 과연 소요문 때문인지, 아니면 다른 무엇인가 때문에 얽히게 된 것인지 정확하게 파악이 되지 않는다. 하지만 하필이면 소요문을 뒤집게 된 것은 우연치고 너무 기가 막힌다.

"북해빙궁의 궁주가 중원 경험도 할 겸 배필로 삼을 만한 여인을 구하라고 했다고 하더군요."

"배필을 구하러 나왔다고?"

노인이 낮게 중얼거렸다.

설무린의 나이라면 분명 혼사를 준비해야 할 때는 맞다. 그리고 그가 북해빙궁에서 여인들과 가까이 지내지 않기도 했

다. 그랬기에 설군표가 그에게 배필감을 구해오라고 시켰을
수도 있다.

가뜩이나 시끄러운 북해빙궁을 다소 진정시킬 수 있는 일
이기도 하니까 말이다.

더군다나 설군표에게 아들은 설무린뿐이다.

서둘러 대를 볼 생각일 수도 있다.

아직까지 자신들의 정체가 설군표에게 들킬 리가 없다. 소
요문이 그날 있었던 습격과 관련이 있다는 증거는 아무런 것
도 없는 상황이다.

‘우연인가? 분명 우리의 정체가 드러날 이유는 없긴 하지
만…… 뭔가 기분이 좋지 않군.’

찜찜하다.

알아차렸을 거라고 생각하는 것은 아니지만 그래도 뭔가
기분이 나쁘다. 더군다나 설무린에 대해서는 몇 번 이야기를
들은 적이 있다.

북해빙궁에서 반드시 제거해야 할 대상에 오른 자 중 하나
가 설무린이다.

어차피 죽여야 할 상대. 그렇다면 지금 죽여도 문제될 것은
없다.

“설무린은 우리가 죽이지. 너는 천명검파의 동태를 주시하
면서 뭔가 일이 생기면 보고해.”

“알겠습니다.”

“꼬리 잡힐 짓은 하지 마라.”

말을 마치자마자 노인과 중년의 사내가 방 안에서 종적을 감추었다. 마치 처음부터 이곳에 없었던 것처럼 말이다.

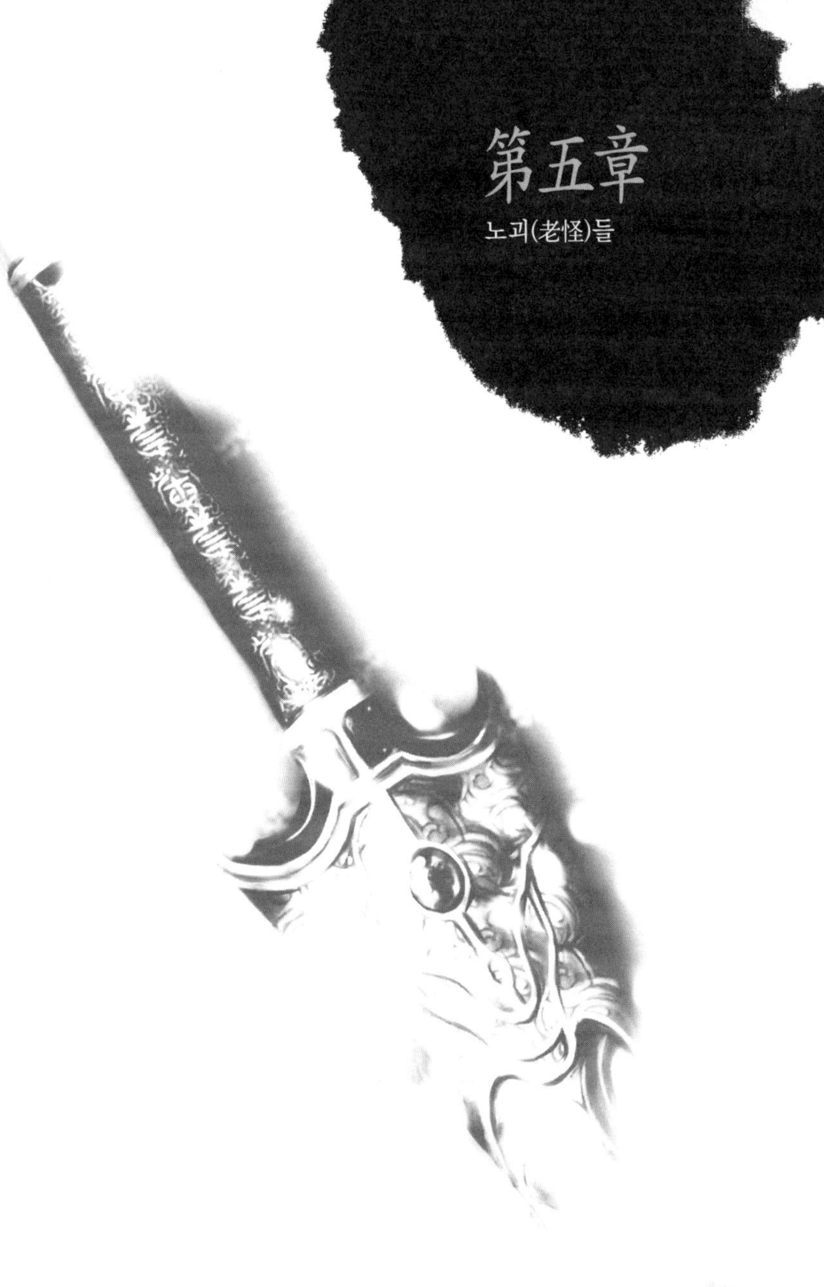

第五章

노괴(老怪)들

노인장들은 너무 오래 산 것 같소

아침에 일어나자마자 설무린과 북설은 부지런히 짐을 쌌다. 자리에서 일어난 곤륜삼성은 멀뚱히 서서 그런 그 둘의 모습을 바라봤다.

어차피 짐도 몇 가지 없는지라 준비는 금세 끝이 났다. 말에 몇 가지 짐을 실은 것을 끝으로 설무린과 북설이 말 위에 올라탔다.

"그럼 이만 헤어지죠. 저희는 갈 길이 멀어서."

"아, 설 공자, 강서성으로 갈 거면 어차피 서녕을 거치실 것 아닙니까? 저희도 서녕으로 가는데 함께하는 게 어떻소?"

조중산의 제안에 설무린은 가볍게 고개를 저었다.

다른 누군가와 얽힐 마음도 없고, 이들에게는 서녕까지 타고 갈 말도 없지 않은가. 굳이 이들과 함께 움직일 이유가 없는 것이다.

하지만 조중산은 쉽게 물러서지 않았다.

"우리에게 은혜를 갚을 기회도 주지 않는 거요?"

"이거야 원, 어제에 이어 또 그 소리요? 당신 참 집요한 사람이군요."

칭찬인지 험담인지 애매한 그 말에도 조중산은 웃으면서 설무린을 바라봤다. 아마 그들의 입장에서는 은혜를 입어놓고 이대로 헤어지기는 뭐했던 모양이다.

"설 공자와 북 소저가 말을 조금 천천히 몰면 됩니다. 그럼 저희가 따라가지요. 어차피 이곳에서 서녕까지는 반나절도 안 걸립니다."

조중산의 옆에 있던 손옥상도 나서며 설무린을 설득하려고 들었다.

회유를 하는데도 불구하고 그가 별 반응 없이 자신들을 바라만 볼 때였다.

"서녕에 가면 잘 아는 분이 객잔을 하시는데 꽤나 오래된 두강주(杜康酒)가 있다고 하더라고요. 아주 입에 착착 달라붙는다고 하던데……."

유자경이 내뱉은 말은 누군가에게 한다기보다는 중얼거림에 가까웠다.

하지만 이곳에서 그 정도의 목소리를 놓칠 사람은 아무도 없다.

애초부터 들으라고 한 말이라는 소리다.

"두강주라! 좋은 술이지!"

"쯧쯧. 누가 주귀(酒鬼) 아니랄까 봐."

두강주라는 말에 눈을 빛내는 손옥상을 보며 조중산이 가볍게 혀를 찼다.

곤륜삼성의 둘째인 손옥상은 예부터 술을 즐겼다.

하(夏)나라 사람인 두강이 만들었다고 해서 두강주라 이름 붙여진 이 술을 그리 쉽사리 접할 수 있는 것이 아니다. 더군다나 꽤나 오래되기까지 했다니 술을 좋아하는 그로서는 구미가 당길 수밖에 없다.

하지만 그 말에 구미가 당긴 것은 비단 손옥상뿐만이 아닌 모양이다.

말 위에 앉아 있던 설무린 또한 순간 망설이는 모습을 보인 것이다. 그 또한 술이라면 꽤나 즐기는 편이기에 두강주라는 말에 제법 혹해 버렸다.

더군다나 두강주가 단 한 번도 접해보지 못한 술이기에 더더욱 그러했다.

중원에 나와서 아직 이곳의 술을 제대로 접한 적이 없다고 해도 과언이 아니다. 천명검파에 있을 때 혈귀와 마셨던 것이 전부다.

다소 발걸음을 늦춰 이들과 맞추어서 가기만 한다면 쉽사리 구하기 힘든 술을 입에 댈 수 있다. 조금 천천히 간다고 해도 서녕에 도착하는 시간의 차이는 반 시진가량밖에 나지 않는다.

애초부터 오늘은 서녕에 있는 객잔에서 하룻밤을 보낼 생각이었다.

순식간에 머릿속에서 답이 나왔다.

설무린이 씩 웃으면서 말했다.

"두강주…… 기대하죠."

설무린은 서녕이 있는 방향으로 천천히 말을 몰았다.

서녕 한편에 있는 주향객잔(酒香客棧)은 그리 크지는 않지만 지역적 이점 덕분에 하루 매상이 제법 쏠쏠한 객잔이다.

서녕이라는 지역은 주변이 산으로 뒤덮여 있고, 엄청난 크기를 자랑하는 청해호(靑海湖)가 있다.

오로목제를 비롯한 다른 지역들을 향하기 위한 요충지인지라 고원 도시인데도 불구하고 많은 사람들이 머물고 오가는 곳이 바로 서녕이다.

주향객잔의 주인인 심양은 바쁜 걸음걸이로 객잔 안을 분주히 움직였다.

열다섯 살 먹은 점소이 소년 하나가 있기는 하지만 손님이 몰려드는 탓에 자신도 손수 나선 것이다.

“예예, 알겠습니다. 그럼 이대로 가져다 드립지요.”

주문을 받은 심양이 주방으로 달려가다가 문이 열리자 몸에 배인 듯이 인사를 던졌다.

“어서 오십쇼!”

시선은 돌리지도 않고 주방으로 가려던 그의 귓가에 익숙한 목소리가 들려왔다.

“아저씨!”

“잉?”

바쁘게 움직이던 심양이 멈추어 서서 고개를 돌렸다. 그곳에는 세 명의 사내와 두 명의 여인으로 구성된 젊은 자들이 있었다.

심양의 눈이 가장 앞에서 자신을 향해 반가이 손을 흔드는 여인에게로 향했다. 그가 반가운 표정을 지으면서 급히 무리를 향해 다가갔다.

“아이코! 훌쩍 크셨군요. 아가씨인 줄 몰라보겠습니다.”

나이 차이는 두 배는 족히 날 것 같아 보이거늘 둘은 정말로 반가운 표정으로 서로를 반겼다.

이야기하는 투로 봐서는 아주 오래전부터 유자경을 알아온 듯하다.

심양이 뒤를 향해 고개를 돌리고는 바삐 움직이는 점소이 소년을 향해 버럭 소리를 질렀다.

“이놈아, 중요한 손님들이 오셨으니 잠시 네가 다른 손님들 좀 맡아라!"

"에엑!"

사람이 이같이 많은데 자신 혼자서 어쩌라는 거냐는 듯한 눈치다. 하지만 심양은 그런 점소이의 모습을 깨끗이 무시하면서 일행을 자리로 안내했다.

자리로 가자 유자경은 자신과 함께 온 사람들을 심양에게 소개시켰다.

"이 둘은 제 사형들이에요. 그리고 이 두 분은 이곳에 오는 동안 저희의 목숨을 구해주신 분들이고요."

"심양이라고 합니다. 아주 오래전에 아가씨네 집에서 일을 한 적이 있습니다."

유자경은 제법 좋은 집안의 여식이었다.

심양은 그러한 유자경의 가문에서 부총관을 하던 자였다. 그러다 나이를 먹고 나서 그는 사람들의 만류를 뿌리치고 객잔을 하나 차렸다.

그것이 지금 바로 이곳 주향객잔이다.

바글거리는 손님을 바라보며 유자경이 대단하다는 듯이 두 눈을 동그랗게 떴다.

"장사가 무척 잘되는 것 같네요. 예전에도 제법 많기는 했지만 이 정도는 아니었던 것 같은데."

"하하! 원래 서녕이 사람들의 방문이 잦은 곳 아닙니까. 거기다가 최근 오로목제(烏魯木齊) 쪽이 장사가 잘되는 모양입니다. 그쪽으로 제법 많은 장사꾼들이 가다 보니 서녕이 더 활발해질 수밖에요."

"오로목제로요? 그럼 여기 있는 장사꾼들이 그쪽으로 전부 가는 거예요?"

"전부는 아니겠지만 반수 이상은 신강에 있는 오로목제 근방으로 갈 겁니다."

"와, 아저씨 복 터졌네요."

유자경의 장난스러운 어투에 심양은 절로 기쁜 마음을 숨기기 어려운지 만면에 가득 웃음을 지었다. 다른 일행들 또한 그런 둘을 흐뭇한 듯이 바라봤다.

단 한 명 설무린을 제외하고 말이다.

그의 시선은 오랜만에 만나 회포를 푸는 둘이 아닌 객잔을 채우고 있는 장사치들에게로 향해 있었다.

'각양각색이군.'

객잔에 있는 장사치들의 모습을 보면 그들이 대략 어떠한 물건을 팔지 유추할 수 있다. 손바닥에 잡힌 굳은살의 위치와 단련된 근육들을 보면 어떠한 부류의 일을 해온 자들인지 파악하는 건 어렵지 않다.

문제는 그들의 모습이 무척이나 다르다는 거다.

어떠한 일정한 품목도 아닌 갖가지의 것들이 갑작스럽게 더 팔려 나간다는 것은 뭔가 미심쩍은 구석이 있다는 말이다.

물론 장사꾼들의 문제이기는 하겠지만 그냥 그리 넘기기

에는 석연치 않은 점이 있었다.

설무린은 천성이 가려운 곳은 긁지 않고는 못 배기는 성격이다.

"주인장, 묻고 싶은 게 하나 있습니다. 오로목제로 언제부터 사람들이 모여들었습니까?"

"음…… 반년? 반년은 조금 넘은 것 같습니다만."

사람들의 시선이 설무린에게로 향했다. 갑작스럽게 그가 진지한 어조로 묻자 뭔가 있는 것이 아닌가 하는 생각들을 한 모양이다.

설무린이 히죽 웃으면서 말을 돌렸다.

"돈 좀 되면 저도 한번 해볼까 해서 그렇습니다."

"장사도 하던 사람이 해야지 아무것도 모르면서 뛰어들면 피 보기 십상입니다요."

"쩝…… 그것참."

안타깝다는 듯이 혀를 차는 설무린을 북설이 조심스럽게 바라봤다. 다른 자들은 몰라도 그녀는 결코 설무린의 말을 가벼이 듣지 않았다.

그의 눈동자가 생기로 빛나고 있다. 무엇인가 생각하는 것이 있다는 소리다.

설무린은 자신에게 쏠려 있는 시선을 분산시키려는 생각인지 빠르게 화제를 돌렸다.

"그나저나 기대했던 것은 언제쯤 내어주실 생각이신

지……."

"기대한 거라니, 그게 무슨 소리십니까?"

"아!"

심양은 알아듣지 못했지만 유자경은 막 약조했던 두강주가 생각이 난 모양이다. 그녀가 심양을 바라보며 웃음을 흘리면서 말했다.

"아저씨, 부탁이 하나 있는데요."

"말씀하세요. 아가씨 부탁인데 제가 뭘 못 들어드리겠습니까."

자신의 가슴을 쾅쾅 두드리며 심양이 자신있게 소리쳤다.

"자랑했던 두강주 있잖아요…… 그거 한 동아리만 내주세요."

말이 떨어지기가 무섭게 호탕하게 웃던 그의 웃음이 거짓말처럼 사그라졌다.

오히려 심양은 못 들을 걸 들은 듯한 표정을 지으면서 되물었다.

"뭐, 뭐라고 하셨습니까?"

"두강주요. 오래된 놈 가지고 계시다고 항상 자랑하셨잖아요."

"그, 그거야 그런데……."

오래전에 잔뜩 자랑하기는 했지만 설마 그것을 달라고 할 거라고는 생각도 하지 못했다.

얼마나 오랫동안 아껴가며 가지고 있던 놈이란 말인가. 심양이 급히 말했다.

"두강주 말고 다른 좋은 술을 탁자에 쌓아드리는 건……
안 되겠죠?"

"아저씨……."

자신을 지그시 바라보며 중얼거리는 유자경의 눈빛을 이기지 못한 그가 마침내 두 눈을 찔끔 감았다. 그가 자리에서 벌떡 일어나서 주방으로 걸어 들어가더니 이내 커다란 항아리 하나를 들고 모습을 드러냈다.

탕!

심양은 탁자 위에 항아리를 내려놓으면서 안타까운 눈으로 그것을 바라봤다.

혹여나 향이 빠져나갈까 뚜껑조차 열지 않고 얼마나 애지중지하던 놈이란 말인가. 하지만 다른 사람도 아닌 유자경의 부탁이었기에 그는 거절하지 못했다.

유자경은 어릴 적부터 심양을 삼촌처럼 따랐다. 그랬기에 피는 이어지지 않았지만 심양에게 그녀는 한 핏줄처럼 느껴질 정도다.

"고마워요, 아저씨!"

"휴, 앞으로 아가씨 앞에서는 입조심을 해야겠습니다. 에코, 망할 놈의 이 주둥아리."

자신의 입을 툭툭 치면서 그가 장난 섞인 투정을 쏟아냈다.

잠시 죽는소리를 내뱉던 심양은 탁자 위에 음식을 채워주겠
다며 주방으로 들어갔다.

심양이 안으로 들어가자 기다렸다는 듯이 손옥상이 자리
에서 벌떡 일어나 항아리를 막고 있는 뚜껑을 걷어냈다. 단숨
에 두강주의 향이 코를 찔러왔다.

"이놈 향이 일품이로군요!"

조중산의 말처럼 그는 주귀라고 불러도 부족함이 없는 사
내였다. 술을 보는 순간 손옥상은 군침을 삼키면서 두 눈을
빛냈다. 더군다나 부드럽게 퍼지는 향이 무척이나 맘에 든 모
양이다.

그리고 비단 두강주의 향이 맘에 든 것은 손옥상뿐만이 아
닌 모양이다. 두강주를 앞에 두자 설무린 또한 두 눈을 빛냈
다.

"제법 기대되는 놈이로군."

아직 잔이 없기에 손을 대지 못하는 것이 아쉬울 뿐이다.
설무린은 지나가는 점소이 소년을 급하게 불러 세웠다.

"잔 좀 부탁하마."

"알겠습니다."

다른 일들이 급한지 말을 뱉어내고는 바쁜 발걸음으로 주
방으로 다가가 뭔가를 안쪽에 전했다. 그리고는 설무린이 부
탁한 잔 다섯 개를 그들의 탁자에 가져다줬다.

설무린은 잔 하나를 자신의 앞으로 끌어당기면서 말했다.

“꼬맹이, 고맙다.”

“저 꼬맹이 아니거든요?”

“그래?”

다른 손에 쥐고 있던 동전을 보여주면서 천천히 품속에 넣으려는 순간 점소이 소년이 급히 설무린의 손목을 잡았다. 설무린이 왜 그러냐는 표정으로 점소이를 바라봤다.

“히히, 저 꼬맹이 맞아요.”

잽싸게 설무린의 손에 들려 있는 돈을 채가면서 소년이 히쭉 웃었다. 받은 돈을 빼앗기기라도 할 거라 생각했는지 점소이 소년이 멀어졌다.

재빠른 그의 행동을 보면서 설무린이 놀랍다는 듯이 어깨를 으쓱하면서 중얼거렸다.

“저 꼬맹이 장사깨나 할 놈이군.”

“설 공자는 재미있는 분이시군요.”

손옥상은 설무린의 장난기 어린 행동이 재미가 있는 모양이다. 곤륜삼성 중에서 유독 그는 곤륜파와 어울리지 않는 사내였다.

손옥상은 꽤나 장난기가 많은 성격이다. 그런데 곤륜파는 도가 계열의 문파다. 그러하니 개구쟁이인 그와 곤륜파가 뭔가 어울리지 않는 것이 사실이다.

그럼에도 불구하고 손옥상은 곤륜삼성의 일원으로 지금은 곤륜파에서 알아주는 후기지수가 되었다.

“고리타분한 것보다는 그게 낫지요.”

항아리를 기울여 술잔에 술을 채우는 설무린은 이미 다른 것은 관심이 없는 듯했다. 다른 사람들 또한 전부 술잔에 술을 채웠다.

술잔에 술을 채우자 참기 어려운지 손옥상이 재촉했다.

“안주는 없지만 먼저 한 잔 하죠.”

“그럴까?”

유자경은 자신의 잔을 들어올리면서 다른 사람들에게 시선을 돌렸다.

조중산과 설무린, 북설 또한 잔을 들어올렸다.

“생명의 은인께 감사를 표하며.”

손옥상이 말과 함께 잔 속에 있는 술을 목구멍으로 털어넣었다.

그윽한 향취가 목구멍을 타고 몸으로 퍼지는 느낌이다.

모든 사람이 술을 들이켰지만 북설은 잠시 머뭇거렸다.

술이라는 것은 단 한 번도 마셔본 적이 없다.

더군다나 그림자무사인 자신이 술을 마신다는 것도 옳지 않다고 생각해서다.

무슨 일이 일어날지 모르는 곳이 무림.

그런 곳에서 그림자인 자신조차 취해서 있을 수는 없는 노릇이다.

그때 설무린이 북설의 손에 들린 잔을 낚아챘다.

사람들의 시선이 당연스럽게 설무린에게로 향했다. 그가 아무렇지 않게 말했다.

"이 아이는 술을 못 하니 제가 두 잔 다 받죠."

그러자 손옥상이 급히 손사래를 쳤다. 그는 절대 안 된다는 듯이 입을 열었다.

"북 소저는 안 드릴 테니 그냥 한 잔만 받으시죠. 두 명분의 술을 마시려고 들다니 그건 안 될 소리입니다."

"이 술귀신!"

옆에 있던 유자경이 장난 섞인 외침을 토해냈다.

늦게까지 계속된 술자리 탓에 일행은 모두 밤이 깊어서야 전부 잠이 들었다.

저녁 시간이 끝나자 심양까지 가세한 술자리는 두강주를 모두 비운 후부터는 온갖 술들로 탁자를 채웠다.

객잔에서 파는 거의 모든 술을 마셨다고 해도 과언이 아닐 정도로 갖가지 술들을 퍼마셨으니 모두가 제정신을 차리지 못했다.

애초부터 취해보자는 심보로 마시는 자리인지라 내공을 이용해서 주기(酒氣)를 날려 버리는 짓 따위는 하지 않았다.

꽤나 늦게 잠자리에 들었음에도 불구하고 그들은 모두 일찍 일어나 아침 식사를 하기 위해 모였다.

유자경은 아직도 술기운 때문에 힘이 드는지 죽는 표정을 한 채로 의자에 몸을 반쯤 기대고 있었다. 그런 그녀의 모습을 보자 손옥상은 어제 있었던 일이 생각나면서 장난기가 돌기 시작했다.

"자경아."

"…왜."

"어제 일 기억나느냐?"

"무슨 일? 머리 아픈데 별거 아닌 걸로 말 걸지 마."

"그게…… 휴, 아니다."

하지만 말을 할 듯하다가 오히려 순순히 물러서면 더 궁금한 법이다.

갑자기 태도를 선회하자 오히려 유자경이 매섭게 쏘아보면서 닦달을 해대기 시작했다.

"뭔데? 갑자기 왜 말을 하려다 마는 거야!"

"별일 아니니까 그렇지. 궁금해하지 않아도 된다. 그냥 우리만 알고 있지 뭐."

"둘째 오라버니, 당장 말하지 않으면 어제 마신 술값하고 숙박비랑 다 물게 할 거야. 어제 마신 양이 장난이 아니라 제법 돈이 나올 텐데……."

사람을 잡아먹기라도 할 듯한 표정으로 노려보자 손옥상은 짐짓 망설이는 척했다. 하지만 이미 그의 속마음은 정해져 있는 상태였다.

"어제 네가 술을 많이 마시고 객잔 바닥에 토악질을 해대면서 돌아다녔는데, 정말 기억 안 나?”

“농담이지?”

“나도 농담이면 좋겠다.”

“맙소사…….”

그녀의 얼굴이 새빨갛게 변해 버렸다.

자신들끼리만 있어도 부끄러움을 참지 못하고 쥐구멍에라도 숨고 싶은 상황이다. 그런데 그 자리에 일행이 아닌 사람도 껴 있었다.

내공으로 술기운이라도 날려 버렸어야 하는 것을 괜히 오기로 자리에 껴서 술을 마신 게 아닌가 하는 후회가 밀려들었다. 하지만 이미 벌어진 일, 후회한다고 해서 어제의 일이 변하는 것은 아니다.

죽을상을 짓고 있는 그녀를 뒤로하고 조준상이 설무린에게 물었다.

“저희는 악도(樂都) 쪽으로 갈 생각인데 감숙으로 가실 거면 이삼 일 정도 더 동행하지요.”

“악도?”

설무린은 품 안에 넣어두었던 지도를 꺼내 펼쳐 들었다. 세밀하게 중원의 지역이 그려진 지도를 보며 조준상은 내심 놀란 눈치였다.

이 정도로 정밀한 지도는 쉽사리 구할 수 있는 게 아니다. 잘못해서 이러한 것을 소지하고 있다가 걸릴 경우에는 역적으로 몰릴지도 모른다.

잠시 보던 지도를 다시금 접어 품 안에 넣으면서 설무린이 입을 열었다.

"악도보다 아래로 가야 할 것 같은데……."

"뭐, 정 그러면 갈라지는 곳까지 같이 가면 될 일 아닙니까?"

"그럽시다."

설무린이 수긍했다.

식사를 마친 후 곤륜삼성이 객잔의 주인과 이야기를 나눌 때 설무린과 북설은 바깥으로 나와 말에 짐을 맸다.

대충 모든 준비가 끝나기가 무섭게 안쪽에서 곤륜삼성이 모습을 드러냈다.

그들 또한 미리 심양이 준비해 준 말에 올라탄 채로 설무린과 북설의 옆으로 다가왔다.

손옥상이 씩 웃으면서 말했다.

"이번에는 발걸음을 느리게 하지는 않겠군요."

"다행이군요. 만약 말이 없었다면 이대로 줄행랑을 칠 생각이었으니까요."

"하하! 이거야 설 공자에게는 못 당하겠습니다."

유쾌한 표정으로 손옥상은 말의 배를 가볍게 발로 찼다.

"이랴!"

멈추어 서 있던 말이 손옥상의 발길질에 움직이기 시작했다. 뒤편에 있던 다른 이들 또한 말을 몰면서 서녕을 벗어나기 위해 움직였다.

서녕을 벗어났지만 주변이 온통 산이기에 말은 제 속도를 내지 못했다. 더디기는 했지만 일행은 목적한 방향을 향해 부지런히 움직였다.

"길이 뭐 이렇게 지저분해."

손옥상이 투덜거리면서 말고삐를 꽉 움켜잡았다. 그나마 말을 타고 움직일 만한 길로 향한 것이거늘 이곳도 그리 만만하지는 않은 모양이다.

계절 탓에 산은 색색의 나뭇잎으로 아름다운 가을이라는 계절을 만들어내고 있었다. 그러한 주변의 외관에 북설은 말을 몰면서도 정신을 쏙 빼버렸다.

눈이 덮인 북해, 거기서도 또 북해동이라는 한정된 공간에서만 살던 그녀가 이러한 광경에 넋을 잃는 것은 당연한 일이었다.

이제는 공기도 제법 차다.

쌀쌀해진 날씨 탓에 산천초목까지 모두 움츠러든 듯한 느낌이다. 하지만 북해에서 온 설무린과 북설에게 이 정도의 날씨는 무척이나 푸근했다.

말을 몰아가던 손옥상이 설무린과 북설에게 물었다.

"두 분은 혹 화산(華山)에 가보셨습니까?"

"화산파 말입니까?"

“화산파 말고 화산 말입니다.”

“이름이야 들었지만 한 번도 가본 적은 없소.”

화산은 오악(五嶽)이라 불리며 천하에 그 아름다움으로 유명한 곳 중 한 곳이다. 오악 중 서악이라 불리는 화산에는 구파일방 중 하나인 화산파가 위치해 있다.

“두 분이서 섬서성을 지나실 것 같아 말씀드리는 겁니다. 시간이 나신다면 화산에 한번 들르는 것도 나쁘지 않을 테니까요. 그곳의 경치는 정말 말로 표현하기 힘들 정도로 아름답지요.”

“시간이 어찌 될지 모르겠지만 기억해 두겠소.”

그렇게 설무린과 유자경이 그 같은 이야기를 나눌 때였다.

뒤쪽에서 말을 몰던 설무린의 신경에 뭔가가 들어왔다.

쒜에엑!

바람을 가르는 미묘한 소리가 들려오는 순간 설무린의 시선이 선두에 있는 한 여인에게로 향했다.

유자경이다.

“북설!”

자신이 움직이면 늦는다.

하지만 바로 앞쪽에 있는 북설이라면…….

아무런 명령도 내리지 않았거늘 그녀는 용케도 알아차렸다.

북설은 그대로 말의 등을 박차고 앞으로 날았다. 아무것도 모르고 말을 몰던 곤륜삼성을 단숨에 뛰어넘으며 북설의 손이 유자경의 손목을 잡아챘다.

"꺄!"

갑작스럽게 손목에 힘이 가해지자 유자경이 비명을 질렀다.

순간 하얀 빛이 그녀가 타고 있던 말을 뒤덮었다.

아슬아슬하게 북설과 유자경의 몸이 그 바깥으로 빠져나왔다.

파파팍!

히이잉!

울음소리와 함께 말의 다리가 잘려 나가고, 온몸이 난자되면서 사방으로 피가 터져 버렸다.

그대로 말은 버티지 못하고 쓰러지면서 죽음을 맞이했다.

너무나 급작스럽게 일어난 상황에 조중산과 손옥상은 상황을 제대로 파악하지 못했다.

그때 다시 한 번 하얀 빛이 이쪽을 향해 날아들었다.

두 사내가 정신을 차리기는 했지만 날아드는 공격은 너무나 매서웠다.

곤륜삼성이라고 불리며 청해성에서 알아주는 후기지수들인 그들과는 비교도 안 되는 자가 분명하다.

그때였다.

팍!

말을 타고 미끄러지듯이 다가선 설무린이 번개처럼 검을 뽑아내면서 날아드는 하얀 빛과 격돌했다.

카앙!

막아내기는 했지만 뭔가 쇠 긁는 소리와 함께 뒤이어 날아드는 무엇인가가 설무린의 목을 졸라매려고 했다.

그가 고개를 숙이면서 그대로 검을 위로 휘둘렀다.

캉!

다시 한 번 떨어져 내리던 하얀 빛이 그대로 뒤로 날아가 버렸다.

공격이 멈췄다.

유자경을 안고 나무 위로 단숨에 뛰어올랐던 북설이 그녀와 함께 아래로 내려왔다.

유자경은 자신이 타고 있던 말이 한 줌의 핏물이 된 것을 보고는 안색이 하얗게 질려 버렸다. 만약 북설이 구해주지 않았다면 지금쯤 자신의 신세는 저 말과 다를 게 없었을 거라는 걸 알기 때문이다.

둘의 안전을 확인하면서 내심 안도하던 설무린의 시선이 갑자기 멈추었다.

유자경의 앞으로 나아와 공격이 들어올 수 있는 길을 막아서는 북설의 허리 쪽에서 터져 나온 피 때문이었다.

숨기려 하고 있지만 살짝 베어 문 입술이 고통을 꽉 참고 있다는 것을 알게 했다. 검은 옷을 입고 있는 탓에 못 알아볼 수도 있었지만 제법 큰 상처였기에 알아차린 것이다.

설무린이 북설의 옆으로 다가가 손목을 잡아챘다.

그녀가 황급히 설무린을 바라봤다.

"뒤로 빠져."

"저는……."

"뒤로 빠지라는 말 안 들려? 당장 빠져. 그 몸으로 뭘 하겠다는 거야?"

그제야 곤륜삼성은 북설의 허리에 난 상처를 알아차렸다. 유자경이 손으로 입을 막은 채로 안타까운 시선으로 그녀를 바라봤다.

"어, 어떻게 해요. 저 때문에……."

"한가하게 잡담할 시간 없어! 다들 적당하게들 거리를 벌리란 말이야!"

설무린이 소리를 질렀다.

지금 나무들 사이에서 몸을 감추고 있는 자는 결코 쉬운 상대가 아니다.

중원에 나온 이후 최고의 상대가 눈앞에 있다.

더군다나 적은 한 명이 아니다.

설무린은 북설과 곤륜삼성이 거리를 벌릴 시간을 주기 위해서 오히려 앞으로 나아가 나무들 틈에서 모습을 감추고 있는 자들을 향해 입을 열었다.

"이봐, 숨어들 있지 말고 나오시지."

대답이 없다.

순간 슬쩍 들려온 쇳소리에 설무린이 경고하듯이 말했다.

"함부로 움직이면 손목 날아간다."

"껄껄! 건방진 놈이로고."

차르륵.

쇠 끄는 소리와 함께 나타난 노인은 거대한 낫을 들고 있었다. 그리고 그 이상한 쇳소리의 정체는 바로 그 낫의 끝에 묶여 있는 쇠사슬이었다.

하얀 빛으로 보았던 것은 바로 저 낫이었고, 그 바로 직후에 목을 조이려 든 것이 바로 쇠사슬인 모양이다.

기괴한 병기(兵器)!

당장 관에 들어가도 이상할 것이 없어 보일 정도로 노인의 몰골은 흉했다.

검버섯이 잔뜩 피어오른 피부에 잔인하게 쭉 찢어진 눈. 거동조차 불편해 보였지만 외양으로 모든 것을 판단할 수는 없는 일이다.

"노인장 말고 다른 사람 하나 더 있는 거 아니까 힘들게 숨어 있지 말고 나오라고 하시죠."

"이놈 봐라?"

노인은 놀란 듯이 설무린을 바라보다가 이내 뒤쪽을 향해 비웃음 섞인 고함을 내질렀다.

"멍청한 놈아! 이제는 하다하다 못해 이런 풋내기에게까지 걸리고 있구나. 쯧쯧!"

"이놈아, 조용히 좀 해라. 네놈도 저 풋내기를 죽이지 못하지 않았느냐. 사혈괴마(死血怪魔)는 일격일살(一擊一殺)을 자랑하더니 이제는 그것도 아니로구먼."

"사, 사혈괴마?!"

긴 쇠사슬에 묶인 낫을 들고 있던 노인이 놀라 소리친 조중산을 바라봤다.

사혈괴마라는 별호는 중원에서 사라진 지 제법 됐다. 하지만 그렇다고 해서 사람들의 머릿속에서 지워질 정도는 아니었다. 십 년 전까지만 해도 강호에서 알아주던 노괴 중 하나가 바로 사혈괴마 바로 그다.

놀란 조중산을 보며 그가 기분 좋다는 듯이 웃음을 흘렸다.

"큭큭! 겁에 질리기는…… 하기야 아직 본좌의 이름이 중원에서 사라질 정도는 아니지."

그의 말대로 조중산은 상당히 놀란 상태였다.

애초부터 낫과 쇠사슬을 보는 순간 그를 떠올렸어야 한다. 이렇게 괴이한 병기를 사용하는 자는 아무리 많은 기인이사들이 존재한다는 무림이라도 쉽사리 볼 수 없다.

한 명이 사혈괴마라면 다른 노인 또한 그에 못지않은 자일 거라는 확신이 든다.

그때 모습이 보이지 않던 노인 하나가 불쑥 허공에 나타났다.

사혈괴마와 마찬가지로 꽤나 나이를 먹은 노인이다. 검은 흑포를 몸에 두르고 있는 그를 본 조중산이 누군가를 생각해 내고는 중얼거렸다.

"흑풍귀(黑風鬼)……?"

"뭐요? 저자가 흑풍귀라고?"

혼잣말을 들은 손옥상이 놀라서 소리쳤다. 사혈괴마, 흑풍귀 둘 모두 사라진 노마들이다.

곤륜삼성이라는 별호로는 나서지도 못할 수준의 자들이 갑자기 하늘에서 뚝 떨어지듯 모습을 드러낸 것이다.

사혈괴마는 조중산이 자신뿐만이 아니라 흑풍귀의 정체까지 단번에 알아차리자 뭔가 기분 나쁘다는 어투로 말을 꺼냈다.

"이런 별 볼일 없는 노괴의 이름도 알다니."

"네놈을 아는데 날 모를까. 껄껄!"

사혈괴마의 반응에 웃음을 터뜨리면서 흑풍귀가 대꾸했다. 하지만 그 말들로 다른 한 명이 흑풍귀가 맞다는 확신을 가지게 됐다.

더는 나빠지기 힘들 정도로 곤륜삼성의 표정은 나빠졌다.

이들은 자신들을 쫓던 와룡채와는 비교도 되지 않는다. 이 노괴들이라면 단 한 명이서도 와룡채 정도는 일각도 걸리지 않고 쓸어버릴 수 있을 게다.

상황은 최악이었다.

두 노괴의 등장에 곤륜삼성은 놀랐지만 설무린은 그렇지 않았다.

오히려 그는 평소보다 더 살기 짙은 미소를 지은 채 둘이 대화하는 모습을 바라볼 뿐이었다.

둘의 대화가 길어지려고 할 때였다.

짝짝.

설무린의 손바닥을 마주치자 이야기를 이어가려던 두 노괴가 고개를 돌려 소리가 난 진원지를 바라봤다. 그곳에는 삐딱하게 선 설무린이 있었다.

"사람을 앞에 두고 다른 말을 하는 건 실례 같은데."

"그나마 조금 더 목숨을 연장할 기회였거늘 굳이 죽음을 재촉하는구나."

"그러게 말이야. 우리의 이름을 듣고도 이처럼 나오다니, 배포가 있는 건지 멍청한 건지 모르겠군."

설무린이 전혀 긴장하지 않은 모습이 그들을 자극한 모양이다. 살기를 일으키면서 두 명의 노괴가 설무린을 매섭게 바라봤다.

웬만한 사람으로서는 그 눈빛만으로도 잔뜩 긴장할 것 같은데 설무린은 전혀 그렇지 않았다.

오히려 이죽거렸다.

"노인장들은 너무 오래 산 것 같소. 말이 너무 많아."

"오냐, 남은 이야기는 네놈들의 목을 날려 버리고 하마."

사혈괴마가 손에 들린 낫을 허공으로 던지면서 쇠사슬을 잡았다.

휙휙!

낫이 하얀 빛을 터뜨리면서 빙글빙글 돌기 시작했다. 동시에 옆쪽에 있던 흑풍귀 또한 슬쩍 움직였다.

검은 쥔 손에 더욱 힘을 주면서 설무린이 물었다.

"한 가지만 묻지요. 죽이려는 대상이 나요, 아니면 곤륜삼성이오?"

"놈! 우리들을 뭐로 보는 것이냐! 곤륜삼성 같은 애송이를 죽이는 데 우리들이 온다는 것이 가당키나 하더냐?"

"답이 나왔군. 나를 노리고 온 모양이니 죽어도 원망은 마시오."

애초에 이들의 무위를 보는 순간 설무린은 곤륜삼성을 찾아온 손님이 아닐 거라고 짐작했다.

곤륜삼성이 제아무리 곤륜파의 후기지수들이라고 해도 이 정도의 무인들까지 보내면서 굳이 죽여야 할 이유가 없었다.

소 잡는 칼로 닭을 잡을 수는 없는 노릇 아닌가.

비록 쉽게 말은 했지만 이 두 노괴를 단신으로 상대하는 것은 쉬운 일은 아니다.

"저, 저 친구……."

단신으로 두 노괴와 싸우려는 설무린의 행동에 조중산이 급히 도우려 나서려고 했다. 하지만 그러한 그의 움직임을 막는 이가 있었다. 북설이었다.

"끼지 말아요."

"하지만 설 공자 혼자서 어찌 저 두 명을 상대한단 말이오. 우리라도……."

"당신들이 나서봤자 죽기만 할 뿐입니다."

북설은 말을 가리지 않았다. 기분 나쁘게 들릴 수도 있는 말이지만 상황이 상황인지라 아무도 그렇게 생각하지 않았다.

곤륜삼성이 나서기엔 상대가 좋지 않다.

"그럼 이렇게 놔두자는 겁니까?"

손옥상이 다급하게 묻는 순간이었다.

콰앙!

빙글빙글 돌던 낫이 설무린이 있던 곳을 향해 떨어졌다. 공격을 피해내자 폭발과 함께 근방에 있던 나무들이 그대로 터져 나갔다.

촤르륵!

쇠사슬이 동시에 설무린의 발을 잡아채려고 했다. 하지만 그는 쉽사리 당할 자가 아니다.

끌려오는 쇠사슬을 발로 밟으면서 오히려 사혈괴마의 목을 노렸다.

"건방진 놈!"

차악!

손목을 움직이자 잠시 움직임을 멈췄던 낫이 비어 있는 설무린의 등을 노리고 날아들었다.

일반적인 병기로는 상상도 하기 힘든 공격이다. 하지만 그는 백전노장처럼 전혀 당황하지 않고 대응했다.

몸을 돌린 설무린의 손에서 뻗어나간 장력이 강하게 낫을 후려쳤다.

파앙!

그때 발아래 있던 쇠사슬을 끄는 힘이 강해졌다. 균형을 잃는 순간 허공에서 뭔가가 나타났다. 직감적으로 설무린은 몸을 뒤로 눕혔다.

스윽.

검이 스치고 지나간다.

'흑풍귀!'

이놈은 은신과 검법을 익힌 자인 듯하다. 귀신처럼 다가오는 검에 집중하고 있지 않았다면 치명타를 얻을 수 있었을 정도로 은밀했다.

간신히 흑풍귀의 공격을 피해내자 쇠사슬이 설무린에게 쏘아졌다.

몸을 비틀어 공격을 피해내는 순간 사혈괴마의 입가에 음흉한 미소가 지어졌다.

'당했다, 이놈!'

옆으로 손을 움직이자 쇠사슬이 그대로 설무린의 손목을

묶어버렸다.

예측하지 못했던 상황에 설무린이 가볍게 혀를 찼다.

"쳇!"

설무린이 실전에 제법 능하다고는 하지만 이 같은 병기는 그 또한 무척이나 생소했다. 더군다나 사혈괴마는 이 기이한 병기를 마치 수족처럼 사용했다.

문제는 상대가 하나가 아니라는 거다.

설무린이 한 손을 제압당하자 기회라고 생각한 흑풍귀가 공격을 쏟아냈다.

그 광경에 곤륜삼성의 안색이 단박에 굳어졌다. 쇠사슬이 팽팽하게 당겨지면서 설무린과 힘 싸움에 들어간 상태에서 흑풍귀가 살수를 펼친 것이다.

설무린이 나이에 어울리지 않는 고수라는 건 와룡채와의 일 때문에 알고 있다. 하지만 그렇다고 해도 이번에는 상대가 너무 좋지 않다.

사혈괴마와 흑풍귀…… 둘 모두 무림에서 이름을 떨치는 자들이다.

그런데 두 눈으로 보고도 믿기 힘든 일이 벌어졌다.

탕탕!

한 손으로 사혈괴마와 힘 싸움을 하면서 버티는 와중에도 설무린의 검이 날아드는 흑풍귀의 검을 쳐냈다.

방심하면서 검을 휘둘렀던 흑풍귀는 도리어 큰 곤혹을 당할 뻔했다.

황급하게 뒷걸음질친 그의 얼굴이 분노로 인해 새빨갛게 달아올랐다. 분에 찬 흑풍귀가 이를 으드득 갈면서 숨기지 않고 적의를 드러냈다.

"이이… 건방진 애송이 놈!"

흑풍귀가 달려드는 것과 동시에 기다렸다는 듯 사혈괴마가 쇠사슬을 잡아당기는 손에 모든 내력을 쏟아 부었다.

버티고 선 채로 흑풍귀를 견제하던 설무린의 몸이 비틀 뒤로 끌려갔다.

비어 있는 설무린의 가슴을 향해 검이 빠르게 베고 지나갔다.

'손맛이 없다!'

분명 베었다고 생각했는데 손으로 아무런 감각도 타고 오지 않았다.

예상대로 설무린은 잡아당기던 힘에 오히려 몸을 맡기고 더욱 뒤로 물러서면서 흑풍귀의 공격을 피해냈던 것이다.

촤르륵!

쇠사슬에 묶여 있던 왼손을 설무린이 오히려 더더욱 강하게 감기도록 원을 그리면서 잡아당겼다.

"이놈이 단단히 미쳤군!"

반대편에 달려 있던 낫이 움직였다.

당장이라도 설무린의 몸을 갈기갈기 찢을 것처럼 날카롭

게 날아드는 공격이다.

흑풍귀의 공격을 피해낸 설무린은 기다렸다는 듯이 날아드는 낫을 검으로 강하게 후려쳤다.

캉!

부우웅!

무섭도록 빠르게 낫이 제자리를 향해 날았다. 사혈괴마는 자신의 이마를 쪼갤 듯이 날아오는 낫을 피하기 위해 급히 움직였지만 간과한 사실 하나가 있었다.

그것은 설무린을 잡아두기 위해 자신 또한 쇠사슬을 손에 감아두었다는 것이다.

낫을 피하려 하자 설무린은 쇠사슬에 감긴 왼손을 잡아당겼다.

"헉!"

옆으로 물러섰거늘 설무린의 힘에 의해 다시금 원래의 자리로 돌아왔다.

피할 방도가 없다!

사혈괴마는 그대로 꼴사납게 땅에 바짝 엎드려야 했다. 땅바닥에 철퍼덕 엎어졌던 그가 자리에서 일어나면서 입 안에 들어온 흙을 뱉었다.

"퉤퉤! 이 망할 새끼가 감히 어른을 가지고 장난을 쳐?"

부끄러운 짓을 해버렸다.

하지만 날아드는 낫을 보는 순간 그 이외의 방법은 생각나지 않았던 것이다.

아마 조금이라도 망설였다면 그 낫이 숨통을 끊어버렸을지도 모른다.

자리에서 일어난 사혈괴마가 낫을 돌리기 시작했다.

부웅부웅!

낫이 돌아가면서 허공을 가르는 소리는 치가 떨릴 정도로 소름을 돋게 만들었다.

부끄러운 짓을 당한 것도 당한 것이지만 상대인 설무린을 경시만 하던 마음이 완전히 변한 탓이다. 그의 얼굴에서 장난기가 사라졌다.

상대를 싸울 만한 적수로 인정했다는 소리다.

사혈괴마의 모습을 바라보던 흑풍귀는 그가 진지해졌음을 알아차렸다.

'저 늙은이가 이렇게 진지하게 변한 것은 오랜만이로군.'

사혈괴마라는 명호는 결코 가볍지 않다.

지금 약관이 갓 지난 듯한 사내의 손에 다소 놀아난 것은 사실이다. 하지만 그것은 결코 사혈괴마가 약해서 그리된 건 아니었다.

쇠사슬과 낫을 동시에 사용하는 그의 무공은 단 한 번의 공격으로 한 사람의 목숨을 끊는다고 불릴 정도로 치명적이었다.

사람들의 사혈괴마에 대해 말할 때 일격일살이라는 말을

덧붙인 이유가 괜히 있는 것이 아니었다.

설무린이 옆으로 움직이기 시작했다.

여전히 강하게 묶인 쇠사슬은 풀릴 생각을 하지 않았다.

그 쇠사슬의 반대편에는 낫을 돌리고 있는 사혈괴마라는 노괴가 있다.

그리고 또 뒤쪽으로는 흑풍귀가 쫓고 있다.

반대편에 적을 둔 채로 설무린이 한 걸음씩 돌고 있었다. 그런데 사혈괴마와 흑풍귀라 불리는 두 노괴가 함부로 움직이지 않는다. 단 몇 번 부딪친 것만으로도 쉬운 상대가 아니라는 걸 느낀 것이다.

북설의 저지 때문에 어쩔 수 없이 멈추어 선 채로 상황을 보고만 있던 곤륜삼성은 지금의 모습에 놀라 벌어진 입을 다물기가 어려웠다.

두 노괴가 한 사내를 앞에 두고 기회를 엿보고 있다. 그 둘의 정체를 알기에 놀라지 않을 수가 없었다.

쫘악.

내색은 하지 않지만 설무린 또한 그리 좋은 상태는 아니었다. 다른 것은 둘째 치더라도 손을 감싸 버린 이 쇠사슬이 문제다. 이놈 때문에 움직임도 제한되어 버렸고, 서서히 왼손의 감각도 사라져 가고 있다.

'피도 안 통할 정도군. 지독한 영감들 같으니라고. 빈틈을 찾기가 어려우니 함부로 움직일 수도 없고…….'

조금이라도 빈틈이 보이면 당한다.

이 쇠사슬을 풀려고 들다가는 목이 달아날지도 모른다.

잠시의 방심이 바로 목숨과 직결될 정도로 이 둘은 상대하기 쉽지 않은 고수들이었다.

'하지만 죽어줄 수는 없지.'

설무린의 눈에서 고요한 파문이 일었다.

이자들은 자신을 죽이러 왔다.

중원에 나와 딱히 원한을 살 만한 일을 한 적은 없다. 물론 몇 가지 일이 있기는 했지만 그렇다고 해서 이 정도의 노괴들이 나타나 죽이려 든다는 것은 우습다.

한마디로 이들은 자신의 행동 때문에 원한을 품고 나타난 것이 아니라 북해의 소궁주라는 신분 때문에 목숨을 취하려드는 자들일 공산이 크다는 걸 의미했다.

분명 흉수들과 관련이 있다. 그리고 그들은 이 정도의 노괴들조차 쉽사리 부릴 수 있을 정도로 어마어마한 자들이라는 것도 알게 되었다.

쉽지 않은 싸움이 될 것 같다.

"후후, 지루하지 않아서 좋겠군."

설무린이 자신도 모르고 속마음을 바깥으로 내뱉었다. 하지만 그 도전적인 말투가 가뜩이나 신경이 곤두섰던 두 노괴의 자존심을 긁었다.

"지루하지 않아서 좋다고? 감히……!"

언제 자신들이 이런 대우를 받아봤겠는가.

사혈괴마, 흑풍귀라는 별호만 들어도 사람들이 정색을 하면서 벌벌 떨었다. 그리고 그것이 당연하다고 생각해 왔던 그들이다.

비록 천하제일 같은 거창한 수준은 되지 못했지만 한 지역을 시끄럽게 하기에 모자람이 없었다.

그 증거로 곤륜삼성은 이 노괴들의 이름을 듣는 것만으로도 잔뜩 경직됐다.

"거참, 나이를 어디로 먹었는지 모르겠군. 당신들한테 한 말 아니니 흥분할 필요 없소."

"그래도 이놈이!"

흑풍귀가 이를 갈더니 검을 뒤로 집어 던졌다.

사실 그는 검법이 아닌 장법으로 유명했던 자다. 하지만 그의 장법은 워낙 흔적이 남기에 평소와는 다르게 검으로 끝내려 들었던 것이다.

그리고 사혈괴마의 쇠사슬에 묶인 자를 상대로 자신의 독문장법을 쓴다는 것도 우습게 여겨졌기 때문이다.

방금 전까지만 그리 생각했거늘 지금 이 순간 생각이 확 바뀌었다.

"네놈을 죽이고 증거도 남지 않게 불태워 주마!"

귀찮기는 하지만 태워 버리면 증거도 남지 않을 게다.

휙휙!

거센 소리와 함께 휘둘려지고 있는 낫의 소리가 자꾸 신경을 건드린다. 거기다가 검을 집어 던진 흑풍귀의 손에서 검은 기류가 형성됐다.

그의 별호가 흑풍귀가 된 것은 비단 흑포를 입어서만이 아니다.

오히려 그의 독문장법인 흑혈살마장(黑血殺魔掌) 때문에 그 같은 별호를 가졌다고 해야 옳을 게다. 흑혈살마장에 당한 자는 시신이 검게 썩어버리는 것으로 유명하다.

극히도 잔인한 장법.

흑풍귀를 중원에서 알아주는 살인마로 만들었던 무공이다.

파악!

도약하면서 휘두른 일장을 설무린은 바쁘게 움직이면서 피해냈다.

철커덩!

'젠장!'

갑자기 왼손에 묵직한 무게감이 느껴진다.

동시에 낫 한 자루가 기다렸다는 듯이 백회혈을 노리고 떨어져 내린다.

완벽한 연수합공!

붕붕!

지옥의 악귀의 울음이 귓가로 쏟아져 들어온다.

설무린의 몸이 허공을 날았다.

"저, 저런!"

어쩔 수 없이 구경꾼 신세가 되었던 곤륜삼성의 일인인 조중산이 놀라 소리쳤다.

곤륜파가 자랑하는 신법인 운룡대팔식(雲龍大八式)에 견주어도 전혀 부족할 것이 없어 보이는 신법이다.

그러한 절륜한 신법이 젊은 사내에게서 터져 나온 것이다.

문제는 상대방 또한 만만하지 않다는 거다.

"죽어라, 요놈아!"

위로 솟구쳤던 흑풍귀의 손에서 흑혈살마장이 터져 나왔다.

설무린 또한 다급하게 손을 휘둘러 빙해대력신장을 쏘아냈다. 두 개의 거대한 힘이 공중에서 부딪쳤을 때다.

허공에서 몸을 뉘인 채로 움직이자 사혈괴마가 쇠사슬을 잡아당긴 것이다.

손이 묶여 있으니 설무린으로서는 버텨낼 재간이 없었다.

땅으로 떨어진 설무린은 무시무시한 속도로 빠르게 끌려가기 시작했다.

"웃기지 마!"

막 사혈괴마의 반경 안에 들어서는 순간 설무린은 발바닥으로 땅을 박차면서 몸을 회전시켰다.

촤라락!

다시금 들려오는 쇠사슬 소리. 동시에 낫이 아슬아슬하게 등을 스치고 지나갔다.

베였다!

하지만 생명에 위협이 될 정도는 아니다. 만약 조금이라도 늦게 자리를 박차고 일어났다면 심장을 꿰뚫렸을지도 모르겠지만 이 정도의 부상은 큰 타격이 아니다.

그 한 번으로 거리를 좁힌 설무린은 그대로 뒤로 빠지려는 사혈괴마를 붙잡기 위해 쇠사슬을 잡아당겼다.

물러서던 사혈괴마가 오히려 자신이 묶어버린 쇠사슬 때문에 앞으로 튕겨져 나왔다.

"헉!"

쇠사슬은 분명 설무린을 묶었다.

하지만 그 말은 또 사혈괴마 또한 마찬가지의 신세가 되었다는 소리이기도 하다. 흑풍귀를 믿었기에 이러한 짓을 했겠지만 상대가 좋지 않았다.

'풀어야 한다!'

아쉽기는 했지만 사혈괴마는 과감하게 결단을 내렸다. 그는 잡고 있던 쇠사슬을 놓으면서 뒤로 몸을 던졌다.

사혈괴마를 물러나게 하는 순간 뒤쪽에 있던 흑풍귀가 등을 잡았다.

흑혈살마장이 다시 한 번 터져 나왔다.

"위, 위험해!"

들려오는 비명 소리. 하지만 이미 설무린 또한 뒤쪽에서 다가오는 흑풍귀의 움직임을 알아차리고 있었다.

몸을 빙글 돌린 그가 손바닥을 뻗으면서 대성을 터뜨렸다.

"빙백신장!"

그 순간 천하가 얼음에 뒤덮였다.

쿠우웅!

솟구쳐 오르는 얼음 기둥들이 사방을 진동시켰고 한풍이 쏟아졌다. 흑혈살마장은 그 위력 앞에서 한 줌의 재가 되어 사라져 버렸다.

세상이 온통 얼어버렸다. 아니, 그런 착각이 들게 만들었다.

"괴물 같은 놈!"

흑풍귀는 자신이 오히려 옆으로 물러서게 되자 놀란 눈으로 설무린을 응시했다.

막아서고 있던 나무들이 모두 산산이 박살 나버렸고 밟고 있는 땅에서조차 한기가 올라온다. 얼어붙어 버린 주변의 광경은 실로 믿기 어려울 정도였다.

그 두 노괴도 놀라기는 했지만 뒤에 물러서 있던 곤륜삼성에 비할 바는 못 됐다.

싸움터와 거리가 제법 떨어진 이곳까지 추위가 느껴질 정도다.

온 중원을 뒤져도 이러한 식의 무공을 구사하는 곳은 단 한

곳밖에 없다.

더군다나 입에서 터져 나왔던 소리를 듣지 못했을 리가 없다.

새외에 있다는 북해빙궁!

오직 그곳에서만 가능한 무공이다.

찢어진 자신의 손아귀를 보면서 흑풍귀가 잔인해 보이는 미소를 흘렸다.

"클클, 이렇게 다쳐 본 것이 얼마 만인가."

"멍청한 노인네 같으니라고. 그거 하나 못 죽여?"

"이놈아, 흑혈살마장이 부서지는 것을 나보고 어쩌라는 게냐. 그러는 네놈이야말로 쇠사슬을 꽉 잡고 있지 그랬느냐, 망할 노친네."

다투는 것처럼 보이지만 말에는 가시가 없다.

설무린은 손을 묶고 있던 쇠사슬을 팔목을 돌려 풀어버렸다. 꽁꽁 묶인 탓에 잠시 동안 피가 통하지 않던 왼손이 무겁게 느껴진다.

그렇지만 그러한 감각은 찰나.

이제는 다시 원래의 상태로 돌아온 주먹을 쥐락펴락하다가 이내 꽉 움켜쥐었다.

'왼손은 멀쩡하군.'

문제는 등에 입은 상처다. 제법 깊게 베였는지 묘하게 신경을 건드린다. 더군다나 병기는 낫이었다. 얇고 깊게 파고든 것이 분명하다.

움직임을 방해하던 쇠사슬을 풀어냈다. 이제부터는 전력을 다할 수 있다.

가볍게 손목을 비틀면서 설무린이 앞쪽에 있는 두 노인을 향해 조소를 날렸다.

"후후, 내 양손을 자유롭게 한 걸 후회하게 될 겁니다."

"어린 놈이 제법 손속이 맵다는 것 하나 믿고 하늘 높은 줄 모르는구나."

"묻고 싶은 게 있긴 하지만…… 노인장들은 그리 입이 가벼운 사람이 아닐 것 같으니 이만 끝내야겠소."

"끝을 내는 건 네놈이 아니라 우리다!"

우웅!

잔떨림과 함께 흑풍귀의 손이 검게 변하기 시작했다. 사혈괴마 또한 설무린에게 빼앗겨 버린 병기를 포기하고 등에 짊어지고 있던 륜을 꺼내 들었다.

설무린은 검을 고쳐 잡았다.

저들이 제대로 된 공격을 하려는 만큼 설무린 또한 자신의 장기인 검으로 상대하려는 것이다.

"조심하시오, 검에는 눈이 없으니."

"시끄럽다!"

촤악!

미끄러지듯이 다가온 흑풍귀의 양손이 설무린을 잡아채려

했다.

검게 변해 버린 손에서 거대한 힘이 갑자기 폭발했다.

설무린은 급히 호신강기를 일으켜 몸을 보호했다.

콰앙!

"큭!"

호신강기로 몸을 지켜내기는 했지만 어마어마한 폭발에 뒤로 멀찌감치 밀렸던 설무린은 뒤쪽에서 뭔가가 날아드는 것을 눈치 챘다.

륜!

휘이잉!

나무들 사이를 기묘하게 파고든 륜이 설무린의 비어버린 등을 노린 것이다.

순간 방금 전에 당했던 상처가 욱신거렸다. 더군다나 이번 흑풍귀의 일격에 제법 내상도 입었는지 속이 들끓는다.

여유있게 속이나 다스릴 시간은 없다.

설무린은 뒤도 돌아보지 않고 검을 휘둘렀다. 맹렬하게 회전하던 륜과 검이 부딪치니 묵직한 충격이 손목을 통해 어깨까지 전해졌다.

차라라락!

불똥이 튈 정도로 륜과 검의 충돌은 엄청났다.

륜을 막아냈다고 판단한 순간 이미 지척까지 달려든 흑풍귀가 손바닥을 휘둘렀다. 머리통을 으깰 듯이 다가오는 잔인한 일격이다.

'기다렸다!'

설무린의 머리통을 박살 낼 수 있을 거라고 생각했거늘 일격이 허공을 갈랐다.

예상치 못하게 뒤로 한 걸음 물러선 그 움직임에 오히려 흑풍귀가 약점을 드러내 버렸다.

"이, 이런!"

급히 몸을 비틀면서 다시 일장을 내려칠 때였다.

설무린의 손이 빠르게 움직였다.

손목을 잡아채자 흑풍귀는 다른 손으로 설무린의 팔목을 쳐냈다. 그러자 또다시 한 손이 어깨를 잡아온다.

그것을 수차례 반복하면서 근접박투를 연상케 하는 싸움이 벌어졌다. 흑풍귀는 공격을 막아내면서 의아심을 품지 않을 수가 없었다.

설무린은 검을 쓰고, 자신은 장을 주로 사용한다. 그렇다면 거리를 벌려야 하는 이 마당에 오히려 근접박투를 벌이고 있다.

'이놈이 대체 무슨 짓을……'

의문은 곧 풀어졌다.

갑자기 손목이 시큰거리면서 뼈 마디마디가 박살 난 것 같은 고통이 치밀어 오른다. 동시에 한기가 뼛속까지 스며들어 온다.

급하게 발로 설무린을 밀어내며 뒤로 물러선 흑풍귀가 급히 자신의 손목을 감쌌다.

그가 차갑게 변해 버린 자신의 손을 어루만지며 놀란 눈으로 물었다.

"이게 무엇이냐?"

"빙절이십팔변생사박(氷絶二十八變生死搏)이라는 금나수요."

"…꼼짝없이 당했군."

설무린의 손이 잡아챈 곳마다 한기가 스며들어 몸 곳곳까지 침투해 버렸다.

만약 흑풍귀의 경지가 이처럼 높지 않았다면 아예 온몸이 얼어붙어 버렸을지도 모르겠다.

그때 태연하게 서 있던 설무린이 입에서 갑자기 피가 터져 나왔다.

"쿨럭!"

방금 전 륜을 받아내면서 입었던 내상 때문이다.

약한 모습을 보이지 않으려 애써 버티고 있었지만 내상을 입은 상태로 계속해서 무공을 펼치자 결국은 몸이 버텨내지 못한 것이다.

이러한 좋은 기회를 놓칠 사혈괴마가 아니다. 던져진 륜이 그 날카로운 이를 드러냈다.

파라락!

내력까지 담긴 륜은 나무까지 모두 베어 넘기면서 단숨에 거리를 좁혀왔다.

내상을 입어 피를 토하는 와중에도 설무린은 정신을 놓지 않았다.

스윽!

어깨를 베고 지나가기는 했지만 피해냈다. 공중으로 솟구치는 륜을 향해 사혈괴마가 몸을 날렸다. 륜의 중앙에 있는 구멍에 손가락을 정확하게 꽂아 넣은 그가 그대로 아래를 향해 재차 륜을 던졌다.

"화륜살(火輪殺)!"

륜에서 갑자기 불꽃을 연상케 하는 붉은 기운이 폭사했다. 주변의 모든 것이 타 들어가는 느낌이다. 아니, 실제로 모든 것이 녹아들어 버린다.

절체절명(絶體絶命)의 순간!

명령 때문에 싸움을 보고만 있던 북설이 검을 잡았다. 그녀는 급히 설무린을 위해 몸을 날리려고 했다.

한데 그때 륜을 향해 고개를 치켜드는 설무린의 눈동자를 봤다.

움직이려던 북설의 발이 멈추었다, 그 눈동자는 결코 죽음을 목전에 둔 사람의 것이 아니었기에.

우우웅!

검이 울기 시작했다.

내상을 입어 방금 전까지 피를 토하던 설무린의 몸에서 믿기 힘들 정도의 내력이 폭풍처럼 몰아쳤다.

허공을 향해 설무린이 검을 휘젓는다.

검에서 말로 형용하기 힘든 기운이 붉은 강기에 휩싸여 떨어져 내리는 류을 향해 날아갔다.

설무린의 검에서 나온 힘이 류과 닿는 순간 강기가 그대로 반으로 갈라졌다. 류이 그대로 박살 나면서 사방으로 터져 나갔다.

류을 박살 낸 그 힘은 허공에 떠 있던 사혈괴마조차 반으로 갈라 버렸다.

"······."

시신이 되어 떨어진 자신의 동료를 바라보는 흑풍귀의 눈동자가 떨려왔다.

강기가 마치 거짓말이었던 것처럼 사그라졌다. 도저히 이것은 믿을 수 없는 상황이다.

검기도 아닌 강기다.

그러한 것이 이토록 없어진다는 것은 말이 되지 않는다.

검을 휘둘렀던 설무린도 퍼뜩 정신을 차렸다.

본인 또한 자신이 지금 벌인 일에 놀란 상태였다.

'뭐야, 이건?'

날아드는 류을 보는 순간 놀라기보다는 막을 수 있다는 생각이 앞섰다.

아무런 생각도 없이 휘두른 일검이 강기에 싸인 륜과 사혈 괴마를 동시에 베어낸 것이다.

그것은 짜릿한 쾌감이었다.

그 일격을 날릴 때만큼은 설무린의 검에 천하가 담겼었다.

설무린은 자신의 손을 바라봤다.

생전 느껴보지 못했던 경지의 무공이 방금 전 펼쳐졌었다. 하지만 다시 펼치라고 한다면 그는 고개를 저을 것이다.

스스로 펼쳤음에도 불구하고 어떻게 그 같은 일검을 내뻗었는지 알지 못하겠다. 그저 몸이 편안해지면서 자신도 모르게 그러한 일을 해낸 것이다.

들끓기 시작했던 속도 편하게 가라앉았다.

그 순간 미묘하게 단전 부분에서 무엇인가가 꿈틀거리는 힘이 느껴졌다. 그것은 바로 설무린의 몸속에 있는 태양의 기운이었다.

'이놈 덕분인가?'

태양지체라는 빌어먹을 신체가 처음으로 도움이 됐을지도 모른다는 생각이 들었다.

무슨 일이 벌어진 것인지 제대로 판단이 되지 않지만 지금은 그러한 고민에 빠질 때가 아니다. 아직 적은 남아 있다. 그리고 손에 들린 검의 상태도 그리 좋아 보이지 않는다.

방금 그 일격의 영향 탓인지 검날의 곳곳이 엉망이 되어버렸다.

아마 몇 번 부딪치는 것만으로 그대로 박살이 날 게다.

'제법 좋은 놈인데…….'

북해빙궁에서 챙겨온 물건이다.

시중에서 쉽사리 구하기 힘들 정도의 물건이거늘 이렇게 망가져 버렸다.

설무린이 검을 쥔 채로 기수식을 취했다.

죽은 사혈괴마를 바라보던 흑풍귀가 정신을 차리고는 허허로운 미소를 지었다.

"허허. 멍청한 친구 같으니라고……."

중얼거림과 함께 그도 자신의 손을 들어올린다. 오랜 친우가 죽었으니 복수 정도는 해줘야 하지 않겠는가.

설무린은 설풍수라마검을 펼쳤다.

흑풍귀의 검게 물든 손이 허공을 갈랐다.

콰앙!

주변을 휩쓸어 버리는 거대한 장력이 설무린을 덮쳤다. 그의 검이 장력을 향해 쏘아져 나갔다.

파악!

성난 파도처럼 밀려드는 흑혈살마장이었지만 위력이 아까만 못하다. 설무린의 금나수 때문에 몸의 이곳저곳이 망가져 제대로 된 위력이 나오지 않는 거다.

그렇다고는 하지만 흑풍귀 또한 그리 만만한 인물은 아니다.

그는 쉽게 질 생각이 없는 듯했다.

빙글 돈 그의 손이 설무린의 상처 입은 어깨를 후려쳤다. 급히 막아내기는 했지만 그 충격에 주춤거리면서 뒤로 몇 걸음 물러서야만 했다.

설무린이 살짝 표정을 구겼다.

"지독한 영감! 끝까지 약점만 노리는군!"

"그것이 경험이라는 게다!"

말을 마친 흑풍귀의 손이 마치 뱀의 움직임처럼 흔들리면서 다가왔다.

바람처럼 가벼워 보였지만 그 손바닥 안에는 천금의 무게가 실려 있었다.

'얼마 못 버틴다.'

이제는 검이 한계에 달했다.

최대한 직접적인 격돌은 피하고 단숨에 상대의 목숨을 앗아야 한다.

달려들던 흑풍귀의 신형이 흐려졌다.

동시에 그의 양손에서는 전신에 있는 모든 내력을 쥐어짠 흑혈살마장이 터져 나왔다. 설무린의 검이 호선을 그리면서 맞부딪쳤다.

쾅!

"크윽!"

둘 모두 쥐어짠 내력이 격돌했다.

속에 있는 기혈이 비틀리는 기분이다. 그렇지만 먼저 물러선 것은 흑풍귀다.

다소 우위를 점하기는 했지만 설무린의 안색 또한 그리 좋지 못했다. 이미 한차례 피까지 토한 그다.

"크아악!"

분을 참지 못했는지 흑풍귀가 괴성과 함께 몸을 날려왔다.

파라락!

그의 몸에서 폭풍처럼 검은색 장력이 쏟아져 나왔다.

설무린은 길게 숨을 몰아쉬면서 설풍수라마검의 다섯 번째 초식인 수라참극을 펼쳤다.

설무린의 검에서 검기가 모습을 드러내더니 사방을 난도질하기 시작했다.

파팡!

검이 깨졌다.

"쿨럭……."

서로를 스치고 지나가자마자 흑풍귀가 앞으로 쓰러지면서 검붉은 피를 토해냈다. 그의 몸은 이미 검기로 인해 넝마처럼 망가진 상태였다.

빙절이십팔변생사박에 당하면서 망가진 그의 몸이 결국 마지막에 제 힘을 내지 못해 설무린의 수라참극의 초식을 막아내지 못한 것이다.

잠시 부들부들 떨던 흑풍귀의 몸이 이내 잠잠해졌다.

싸움이 끝나자 설무린이 깊은 숨을 몰아쉬었다.

"휴우."

이기기는 했지만 상대가 엄청난 자들이었던 만큼 그의 상태 또한 멀쩡하지는 않았다.

어깨, 등, 허벅지…… 온몸이 상처투성이다.

설무린은 지쳤다는 듯이 땅에 털썩 주저앉아 버렸다. 그때 뒤에 있던 북설이 달려왔다. 그녀는 초조했던 마음을 감추지 못했다.

언제나 냉정해야 한다던 자신의 말과 다르게 북설은 크게 동요하고 있었던 것이다.

"괜찮으십니까?!"

"그림자무사는 언제나 냉정해야 한다며?"

"아… 죄, 죄송합니다."

"큭큭, 농담이야, 농담. 오히려 그런 모습이 보기 좋군."

설무린은 억지로 자리에서 일어났다.

급하게 달려오는 곤륜삼성의 모습을 보니 앉아 있을 생각이 사라졌다. 살짝 인상을 구긴 채로 자리에서 일어난 설무린이 곤륜삼성을 맞았다.

선두에 섰던 조중산이 급하게 물었다.

"몸은 괜찮소?"

"뭐, 눈에 보이시는 대로."

설무린은 몸을 움직이면서 죽을 정도는 아니라는 것을 곤류삼성에게 보였다. 조중산의 옆에 있던 손옥상은 두 눈을 빛내며 진정으로 감탄한 듯한 어조로 말을 토해냈다.

"설 공자! 정말 대단합니다! 정말 이 같은 무인이 저와 비슷한 나이라는 것이 믿어지지가 않는군요! 사혈괴마와 흑풍귀를 동시에 상대하는 건 저희 장문인께서도 힘드실 것 같은데……."

"옥상아, 말을 가려 하도록 해라."

"아, 죄송합니다, 형님."

신이 나서 속에 담겨 있던 생각을 내뱉던 손옥상은 조중산의 제지에 정신을 차리고는 급히 사과했다. 하지만 이미 그가 무슨 말을 하려고 했을지 모를 사람은 이곳에 없었다.

설무린이 죽어 있는 둘을 보고는 막 자신들의 말이 있는 쪽으로 발걸음을 옮기려고 했을 때다.

옆에서 걱정스럽게 서 있던 북설이 급하게 설무린을 부축하고는 걸으려고 했다.

"상처가 깊으십니다."

"이 정도론 죽지 않아. 걱정하지 않아도 돼."

여인에게 부축을 받는다는 것이 뭔가 낯부끄럽게 느껴졌는지 설무린이 그녀의 손을 살짝 뿌리쳤다. 그리고는 오히려 고개를 숙여 북설의 허리춤을 바라보면서 물었다.

"다친 곳은 괜찮으냐?"

"전 괜찮습니다."

"그리 괜찮아 보이지는 않는데."

낫에 의해 다친 북설의 상처는 제법 깊어 보였다. 유자경을 구한 대신 입게 된 상처다. 그녀 덕분에 유자경의 목숨을 구할 수 있었다.

북설의 상처를 보자 마음이 불편해졌다. 설무린은 그런 자신의 마음을 숨기기라도 하려는 것처럼 오히려 그녀에게 툴툴대면서 말했다.

"금창약이라도 바르도록 해. 가까운 마을에 있는 의원을 찾아야겠어."

"저 때문에 굳이 그러실 필요는……."

"너 때문이 아니라 나 때문이야. 나 봐. 온몸이 엉망이잖아. 이 꼴로 강서성까지 가는 건 무리야. 그러니까 아무 말도 하지 말고 따라와."

"그리하겠습니다."

북설이 고개를 끄덕였다.

설무린이 힘겹게 말을 향해 발걸음을 옮길 때였다. 뒤쪽에서 망설이고 있던 조중산이 지금이 아니면 안 된다고 생각했는지 급히 물어왔다.

"북해빙궁에서 오셨소?"

설무린이 고개를 돌려 그를 바라본다. 빙백신장을 보고 알아차린 모양이다.

설무린은 숨기지 않고 담담하게 대꾸했다.

“그렇소만.”

“저… 이런 걸 물어 기분이 상하실지 모르겠지만, 된다면 설 공자가 북해빙궁에서 어떠한 위치에 계신 분인지 여쭈어도 되겠소? 아! 혹 그럴 수 없는 입장이라면 굳이 대답하지 않으셔도 되오.”

정체에 대해 물었던 조중산은 이내 그것이 실례일 거라 생각하고는 급히 대답하지 않아도 된다며 말을 돌렸다.

하지만 설무린은 감출 것이 없었다.

“북해빙궁의 소궁주요.”

第六章
상인(商人)

묻고 싶은 게 있소

"이쪽입니다. 이쪽으로 조금만 가면 마을이 하나 나옵니다."

제법 이 근방 지리에 익숙한 손옥상이 선두에서 말했다. 두 노괴의 기습으로 인해 일행의 꼴은 말이 아니었다. 유자경은 말을 잃은 탓에 손옥상의 뒤에 함께 앉아 있었다.

상당히 불편한지 그녀는 죽상을 짓고 있었다.

거기다가 설무린과 북설은 부상을 입은 상태다. 둘 다 제법 깊은 부상인데도 불구하고 안색 하나 변하지 않으며 이곳까지 말을 몰아왔다.

반나절에 가까운 시간을 움직여서 도착한 마을은 방금 떠났던 서녕에 비하면 손바닥만 하다고 말할 수 있을 정도로 작은 마을이었다.

그리 크지 않은 마을이라 찾기도 쉽지 않을 터인데 손옥상은 너무나 쉽게 이곳을 찾아냈다.

설무린이 짐짓 신기하다는 듯이 말했다.

"이 마을 태생이기라도 한 겁니까? 용케도 이런 마을을 알고 있군요."

"하하! 맞습니다. 사실 제가 이곳에서 태어났습니다. 어릴 적 자라온 마을이기도 하고요."

"검을 접고 점쟁이를 해야 하나……."

그냥 아무렇게나 한 말인데 그것이 적중하자 설무린은 당황스럽다는 표정으로 중얼거렸다.

곤륜삼성 중에서 유독 손옥상만큼은 설무린의 정체를 듣고도 불편해하지 않았다.

설무린이 자신의 정체를 밝히자 조중산은 특히 행동을 조심하기 시작했다. 아무래도 맏이의 역할을 하다 보니 그러한 세심한 부분에 더욱 조심을 기울이는 것 같다.

그에 반해 둘째인 손옥상은 자유로운 인물이었다. 말 머리를 돌리며 손옥상이 뒤에서 쫓아오는 다른 이들을 바라보면서 말했다.

"우선 의원 먼저 찾아가겠습니다. 돌팔이에 성격이 괴팍하기는 하지만…… 그래도 실력은 제법 있거든요."

말을 마친 그가 한 방향을 향해 말을 몰았다.

얼마 가지 않아 조그마한 집 앞에서 손옥상이 말을 멈추고는 땅으로 뛰어내렸다.

말이 하늘을 향해 울음을 터뜨렸다.

히이잉.

"워워. 진정해라, 이 녀석아."

옆에 있는 기둥에 말을 묶으려는 순간 안에서 큰 욕설이 터져 나왔다.

"어떤 망할 놈이 대낮부터 사람의 잠을 깨우고 지랄이야!"

"아저씨, 곧 해가 질 텐데 대낮은 무슨……."

"썩을 놈. 목소리를 보아하니 골목대장 놈이로구만."

문이 벌컥 열리면서 희끗희끗한 머리를 한 노인이 모습을 드러냈다.

그를 보자 손옥상이 빙긋 웃었다.

"아저씨, 삼 년 만에 뵙는데 많이 늙으셨네요."

"미친놈…… 그래도 네놈보다는 어려 보인다, 이놈아."

"에이, 농담도."

말도 안 된다는 듯이 손사래를 치자 노인이 짐짓 성난 눈으로 손옥상을 노려봤다. 그러자 손옥상을 옆으로 급히 고개를 돌리면서 모르는 척 시침을 뚝 뗐다.

그러자 노인이 혀를 찼다.

"쯧쯧. 저 능구렁이 같은 놈! 하여튼 이번엔 또 무슨 일로 찾아왔느냐. 또 몸뚱이 중 어디를 구멍 내고 나서 날 찾아온 것이냐?"

"아저씨, 이번엔 제가 아니라 이쪽입니다."

손옥상이 뒤에 서 있는 설무린과 북설을 바라보면서 말했다. 노인은 그제야 그 둘을 바라보면서 고개를 절레절레 저었다. 가볍게 본 것만으로도 대충 두 사람의 상태를 알아차린 것이다.

그가 표정을 구겼다.

"피 냄새가 여기까지 진동을 하는구만. 상처가 생긴 지 오래된 것 같군. 빨리들 들어오라고. 하여튼 무인이라는 놈들은 하나같이 지 몸 하나 살필 줄 모른다니까."

말을 마친 노인이 방으로 들어가자 손옥상이 먼저 따라 들어가면서 뒤에 있는 다른 이들에게 말했다.

"들어들 오세요."

방 안에는 또 다른 방으로 연결되는 문이 있는 것을 보니 환자들은 그곳에서 치료를 하는 듯했다.

설무린은 북설을 먼저 치료해 주라고 말하고는 자리에 앉았다.

바깥에 있을 때는 몰랐는데 방 안엔 약재 냄새가 진동을 한다.

"으으, 난 정말 이런 냄새가 싫어."

유자경이 코앞에서 손으로 부채질을 하면서 약재 냄새를 밀어내려고 했다.

죽상을 짓고 있는 그녀를 보면서 손옥상은 픽 하고 웃었다.

방에는 약재와 함께 제법 많은 서책들이 모습을 보였다. 그는 그중 한 권의 책을 꺼내서 가볍게 훑었다.

"오라버니가 제법 의술에 대해 아는 게 있다고 생각했는데 저 할아버지 덕분이야?"

"어릴 적부터 줄기차게 드나들었거든. 그냥 귀동냥으로 들은 정도지."

"그래, 말 잘했다, 이놈아. 네놈 덕분에 난 쉴 날이 없을 정도였으니까."

문을 열면서 모습을 드러낸 의원 진여(晉余)가 말했다. 열린 문으로 상처의 치료가 끝난 북설이 걸어나왔다.

진여는 설무린을 보면서 퉁명스레 말했다.

"이번에 네 차례니까 시간 끌지 말고 어서 오거라."

설무린은 자리에서 일어나 방 안에 있는 문을 통해 안쪽으로 들어갔다.

바깥쪽도 그러했지만 이곳의 냄새는 더욱 지독했다.

각양각색의 약재들이 방 안에 즐비했다.

설무린이 안으로 들어서자 진여는 문을 닫았다. 주위를 두리번거리며 자리에 앉은 설무린이 중얼거렸다.

"냄새 한번 고약하군요."

"약재가 꽃도 아니고 향이 좋아 뭐에 쓰려고! 잔소리 말고 당장 윗옷이나 벗어라!"

설무린은 이미 두 노괴와의 싸움으로 인해 많이 찢어진 옷을 벗어버렸다. 드러난 그의 몸은 사내답지 않게 무척이나 깨끗했다.

방금 전 싸움으로 인해 온몸 곳곳에 상처가 난 설무린을 보면서 진여가 짜증을 토해냈다.

"몸 간수는 자기가 하는 게야. 뭐, 이런 말 해봤자 무인이라는 놈들에게는 씨알도 안 먹힐 소리겠지만 말이야."

허리에 부상을 입은 북설과는 달리 설무린은 제법 많은 곳에 부상을 당한 상태다. 상처를 살피면서 말은 안 했지만 진여는 제법 놀랐다.

'상처를 입은 지 반나절가량 되었는데 이 정도였다면 고통스러웠을 터인데…….'

아무렇지 않게 앉아 있는 그가 놀라울 뿐이다.

상처의 상태를 살핀 진여가 설무린을 향해 자신의 손바닥을 펴 보이면서 소리쳤다.

"손!"

설무린이 손을 내어주자 진여는 그의 진맥을 짚기 시작했다. 말없이 설무린의 맥을 잡아내던 진여가 갑자기 고개를 갸웃거렸다.

"이상하다……."

잠시 자신의 손을 어루만진 진여가 다시금 설무린의 손목을 잡았다.

그는 눈을 감은 채로 설무린의 맥을 느꼈다. 그러던 진여는 뭔가를 알아차렸는지 눈을 번쩍 뜨고는 놀란 눈으로 설무린을 바라봤다.

진여가 놀란 표정으로 중얼거렸다.

"너…… 어떻게 살아 있는 거냐?"

"어떻게 살아 있긴요, 숨 쉬고 밥 먹고 졸리면 자고. 뭐, 그러고 있지요."

왜 진여가 놀라는지 이유를 알아차린 설무린이지만 장난스럽게 대답했다.

그러자 진여가 급히 고개를 저었다.

"장난치지 말고! 혹…… 알고 있느냐, 네 신체에 대해서?"

"이놈을 이야기하시는 것 같군요."

설무린이 자신의 단전 부분을 만지면서 말하자 진여가 고개를 끄덕였다.

그는 설무린 몸 안에서 꿈틀대고 있는 엄청난 양기를 알아차린 것이다. 사람이 이 정도의 양기를 지녔다면 죽어야 정상이다. 그런데 눈앞에 있는 이 사내는 살아 있다. 믿기 어려운 일이다.

"몸 안에 있는 양기가 보통이 아니야. 그런데 또 문제는 음기도 보통 사람의 몇 갑절이 넘어. 대체 네놈은……."

"북해빙궁에서 왔습니다. 음기는 그놈일 테고, 양기는 제가 태어날 때부터 업고 온 빌어먹을 놈이죠."

"그렇군. 이같이 괴상한 몸뚱이를 지닌 놈을 실제로 볼 줄이야……."

태양지체인 설무린의 몸 때문에 놀란 것이다.

다른 것에 넋이 나가 멍하니 앉아 뭔가를 중얼거리는 그를 향해 설무린이 말했다.

"뭐 합니까? 치료 안 합니까, 치료?"

"시끄러운 놈이군. 어련히 알아서 해줄까!"

설무린의 말에 오히려 진여는 짜증을 부렸다. 이곳에 오기 전 손옥상이 했던 말이 생각났다. 돌팔이에 괴팍하다는 말. 그것은 분명 정확했다.

그렇다면 그 다음에 했던 실력은 있다는 말이 맞길 바랄 수밖에.

설무린은 다시금 자신의 맥을 짚는 그에게 아까부터 물어보려고 했던 것을 물었다.

"그런데 북설의 몸은 괜찮습니까?"

"북설? 아, 방금 전 치료받은 그 여자?"

"예."

"네놈 몸뚱이나 신경 써! 자기 몸은 겉이나 속이나 만신창이인 주제에 어디서 남 걱정이야. 네놈 몸이 몇 갑절이나 심하다, 이놈아! 쯧."

　잠시 후 치료가 끝나고 설무린이 나가자 손옥상이 기다렸다는 듯이 자리에서 일어났다. 뒤이어 나오는 진여에게 그가 웃으면서 말했다.

　“아저씨, 언제나 신세 집니다.”

　“알면 그만 좀 찾아와! 네놈이 이곳에 오는 것도 지겹다, 지겨워.”

　지겹다며 화를 내는 진여지만 그 안에서 손옥상에 대한 애정이 잔뜩 묻어났다. 그랬기에 당사자인 손옥상 또한 그러한 말에 웃을 수 있는 건지도 모르겠다.

　“이만 가보죠.”

　“그래, 몸 관리는 스스로 해야 한다. 칼 맞고 다니지 말고.”

　“끔찍한 소리를 하시는군요.”

　손옥상은 질린 표정으로 대꾸했다. 그런 그의 장난스러운 행동이 못마땅하다는 듯이 바라보던 진여가 슬쩍 설무린을 바라봤다.

　인간이 가질 수 없는 신체를 지닌 사내.

　‘기구한 팔자로군.’

　몸 안에 폭약을 지고 사는 것이라고 해도 과언이 아니다. 언제 그것이 터질지 그건 아무도 알 수 없다. 하지만 몸 안에 있는 폭약이 터진다면 설무린은 결코 무사하지 못할 거라는 건 확실하다.

그때 막 문 바깥으로 나가면서 손옥상이 말했다.

"마중 나오지 마세요."

"미친…… 뭐가 예쁘다고 마중까지 나가. 냉큼 사라져라, 이놈!"

"하하, 알겠습니다. 그럼 다음에 뵐 때까지 건강하셔야 합니다, 아저씨."

정말로 사람들이 모두 나가자 매몰차게 진여는 문을 닫아 버렸다. 그렇지만 이러한 상황이 익숙한지 손옥상은 묶어놓은 말에 다가가 줄을 풀었다.

조중산과 손옥상, 유자경이 알고 지낸 지 벌써 십 년이 넘었다. 그런데도 불구하고 다른 둘은 손옥상이 자랐다는 이곳에 오는 것이 생전 처음이었다.

"저 의원 정말 성격이 괴팍하네."

닫힌 문을 바라보며 유자경이 질렸다는 표정을 지어 보였다.

이미 말에 올라탄 손옥상이 자신의 뒷자리를 툭툭 치면서 그녀에게 말했다.

"그래도 좋은 분이다. 어서 타기나 해. 어차피 이 마을에 객잔도 없으니 우리 집으로 가자."

말을 마친 그가 유자경이 자신의 뒤에 타자 천천히 말을 몰아 마을의 중앙으로 가기 시작했다.

갑작스러운 외지인의 등장에 마을 사람들의 시선이 몰렸다.

　워낙 산속에 있는 터라 일 년에 외지인의 방문이 몇 번 없는 곳이 바로 이 마을이다.

　처음엔 무인으로 보이는 다섯의 등장에 내심 견제하는 눈빛이었지만 이내 손옥상을 알아보고는 급히 다가와 말을 걸기 시작했다.

　사방에서 쏟아져 오는 말에 손옥상은 분주하게 대답하면서도 말을 멈추지 않았다.

　이 마을에서 손옥상은 제법 인기인인 모양이다.

　"인기가 많구나."

　"하하, 오랜만에 찾아오는 거라서 그럽니다."

　향수에 젖은 것마냥 주변을 둘러보며 손옥상이 대답했다. 말을 타고 손옥상이 이끄는 곳을 향해 갈 때였다.

　"도련님!"

　주변을 쩌렁쩌렁 울릴 정도의 큰 목소리에 설무린이 귀를 막으면서 고개를 돌렸다.

　목소리에 어울리는 거구의 사내가 이쪽을 향해 득달같이 달려왔다.

　큰 덩치에 어울리지 않는 순박한 얼굴의 사내를 본 손옥상도 말을 멈췄다.

　"헉헉!"

　뭐가 그리도 반가운지 단숨에 말까지 달려온 사내가 숨을 몰아쉬었다.

얼굴이 험상궂고 덩치도 커다랗기는 하지만 사내는 그리 나이가 많아 보이지 않았다.

"몰라보게 컸구나."

"마, 말도 없이 여, 여긴 어인 일이십니까요. 헉헉!"

"괜찮으니 천천히 말해."

"후우, 후우."

거구의 사내가 숨을 쉬면서 거칠어진 호흡을 다듬었다. 험해 보이기는 하지만 하는 행동으로 보아하니 꽤나 순박할 것 같은 사내다.

"일이 있어 지나다가 잠시 들렀다. 집안에는 아무런 일도 없고?"

"제가 있는데 무슨 별일이 있겠습니까, 도련님!"

가슴을 탕탕 치면서 말을 하던 사내가 손옥상에게서 처음으로 시선을 떼고 다른 이들을 향해 눈을 돌렸다.

손옥상의 뒤에 타고 있는 유자경을 보며 사정을 모르는 그는 큰 착각을 했다.

'아이코! 도련님이 신부가 되실 분을 모시고 왔구만!'

유자경을 잠시 뚫어져라 바라보던 사내가 급히 시선을 돌렸다.

예의가 아니라는 생각에 다른 이를 향해 고개를 돌렸던 그가 놀라 그 소처럼 순박해 보이는 눈을 부릅떴다.

뒤쪽에 있는 북설의 외모에 그만 정신을 빼앗겨 버린 것이다.

"뭐 하느냐?"

"아, 아닙니다."

넋을 빼놨던 사내는 손옥상의 목소리를 듣고서야 정신을 차렸다. 싱겁다는 듯이 웃으며 손옥상이 다시금 말을 움직였다.

손옥상의 옆에 재빠르게 거구의 사내가 붙어 호위하듯이 섰다.

잠시 멈췄던 일행이 발을 옮겼다.

손옥상의 뒤에 매달려 있던 유자경이 그의 옆구리를 쿡쿡 찔렀다.

"뭐야?"

"오라버니, 귀한 집 자식이었어? 시골에 있는 조그마한 집에서 왔다더니……."

"마을을 보거라. 있어봤자 얼마나 있겠느냐."

"그렇긴 하지만 좀 의외랄까. 오라버니는 딱 시골 개구쟁이 같은 느낌이라서."

"뭐야?"

"깔깔!"

발끈하면서 뒤돌아보는 손옥상의 행동에 유자경이 웃음을 터뜨렸다.

계속해서 말을 몰던 손옥상이 마침내 손가락으로 눈앞에

드러난 제법 큰 집을 가리키면서 말했다.

"저곳입니다."

큰 마을에서 볼 수 있는 휘황찬란한 집은 아니지만 이렇게 조그마한 마을에서는 단연 돋보이는 집 한 채가 모습을 드러냈다.

그곳을 바라보는 손옥상의 눈빛이 한결 부드럽다.

오랜만에 고향집으로 돌아오자 괜스레 마음이 들뜨는 모양이다.

문 앞에 이르자 일행은 말에서 내렸다. 말고삐를 잡은 채로 모두가 열려져 있는 문을 통해 안으로 들어섰다. 분주하게 움직이고 있던 아낙네가 갑작스럽게 나타난 일행을 바라보다가 이내 깜짝 놀라 소리쳤다.

"에구머니! 도련님!"

"잘 지내셨습니까?"

"오늘 오신다는 말을 못 들었는데……."

"지나가던 길에 잠시 들르게 됐습니다."

말을 마친 손옥상은 집 안을 둘러보다가 이내 뭔가 이상한 것들을 발견했다.

그가 손으로 마차와 말들을 가리키면서 물었다.

"저건 뭡니까?"

"아, 상인들의 마차예요."

"상인?"

이상하다는 듯이 마차를 바라보면서 손옥상이 고개를 갸우뚱했다. 이러한 조그만 마을에서 무엇을 팔아 이윤을 남길 수 있단 말인가.

거기다가 상단의 규모도 제법 작지 않아 보인다.

"무슨 이유로 왔답니까?"

"온 게 아니라 어딘가 다녀오던 길에 잠시 마을에 들어온 거랍니다. 그런데 아시다시피 이곳에 쉴 곳이 없는지라……촌장님이 이곳에서 하루 쉬고 가게 해주신 거죠."

대충 상황을 알아차렸는지 손옥상이 수긍하는 표정을 지었다. 이 마을에서 묵을 만한 곳이 어디에 있겠는가. 그나마 이곳은 집도 크고 남는 방도 몇 개 있어서 상인들이 머물 수 있는 여건이 되는 것이다.

이 마을의 촌장인 아버지가 그들을 이곳에서 쉬게 한 모양이다.

"아주머니, 제 일행이 머물 수 있게 방으로 좀 안내해 주세요. 전 부모님 좀 뵙고 가겠습니다."

"알겠습니다."

그녀가 고개를 숙이면서 대답했다.

여인에게 안내를 부탁하고는 손옥상이 일행을 바라봤다.

"아주머니께서 안내해 주시는 방에 계시면 곧 찾아가겠습니다. 먼저 가서 쉬고 계시지요. 그럼 저는 잠시 실례하겠습니다."

양해를 구한 손옥상은 말을 마을에서 만났던 사내에게 맡기고는 부모님의 거처가 있는 쪽으로 몸을 돌렸다.

여인이 일행에게 다가왔다.

"절 따라오세요."

그녀가 몸을 돌려 마차가 있는 쪽으로 다가갔다.

처음부터 이 마차에 관심을 가지고 있던 설무린은 마차를 힐끔 바라봤다.

제법 닳아 있는 바퀴가 꽤나 먼 여정을 왔음을 보여주고 있다.

그때 닫혔던 문이 열리며 거친 인상의 사내가 고개를 내밀었다. 아마도 바깥 쪽에 이는 소란의 정체를 알아보기 위해서 모습을 드러낸 모양이다.

그는 지금 이 무리의 표사들을 이끄는 표두였다.

임청우(林靑牛)가 조심스럽게 일행을 위아래로 훑은 후였다.

그는 이곳에 나타난 자들이 모두 검을 차고 있음을 확인하고는 경계의 빛을 내보였다.

이러한 조그만 마을에 무인이 나타났다는 사실이 수상할 만도 하다.

하나씩 인물들을 살피던 임청우가 설무린과 눈이 마주쳤다.

'뭐야, 이놈은?'

입가에 웃음을 머금은 채로 자신을 바라보는 설무린의 모습에 그는 인상을 구겼다.

막 그들이 스쳐 지나갈 때였다.

"잠깐."

임청우가 문을 열고 걸어나오며 그들을 멈추게 했다.

설무린 일행을 이끌던 여인이 고개를 돌렸다.

"무슨 일이신지……."

"실례인 건 알지만 정체를 물어도 되겠소?"

임청우는 예의를 아는 자였다.

그랬기에 그는 먼저 자신의 실례에 대해 가볍게 양해를 구했다. 하지만 그 와중에서도 그는 손을 내려뜨려 언제든 검을 뽑을 수 있는 자세를 유지했다.

대충 검을 익힌 자가 아닌 진짜 무인이라는 소리다.

"저희 도련님 손님들이에요."

"도련님?"

"저희 도련님은 곤륜파의 무인이시거든요."

"아! 실례했소. 곤륜파의 무인이신 줄은 몰랐소이다."

곤륜파라는 말에 그는 혹여나 가졌던 의심을 모두 지웠다. 구파일방의 하나인 곤륜파라면 믿을 수 있다.

임청우가 포권을 취하면서 말했다.

"추형표국(推衡鏢局)에서 온 임청우요. 지금 이 표행을 이끌고 있소."

“곤륜파의 조중산입니다. 그리고 이 아이는 유자경이라고 하지요.”

“곤륜삼성의 조중산과 유자경?”

“부끄럽지만 그리 불리고 있습니다.”

추형표국은 청해성에 있는 표국이다. 그리고 곤륜파는 그런 청해성에서 가장 강한 문파다.

청해성에 있는 사람이라면 곤륜파에 대해 어느 정도 아는 것이 상식이다. 곤륜삼성은 그러한 곤륜파에서도 유명한 자들이다.

임청우 정도 되는 자가 그걸 모를 리가 없다.

“허어! 그럼 이 집의 도련님이라는 사람이 곤륜삼성의 둘째라는 손옥상 공자요?”

“그렇습니다.”

“이거야 원, 어쩌다 보니 곤륜의 미래들을 이리 보게 되었소. 만나게 되어 무척이나 영광이오.”

“미래라니요, 과찬이십니다.”

조중산은 급히 손을 저으면서 임청우의 말을 막았다.

대화를 하던 중 임청우는 마차를 만지작거리는 설무린을 발견했다.

“음?”

마차를 살피는 설무린을 보면서 임청우가 조중산에게 물었다.

“저 사람도 곤륜파입니까?”

“아닙니다. 저분은 이번 여정에서 알게 된 분입니다.”

“역시 그렇군요.”

처음부터 뭔가 다른 자들과는 이질적인 느낌을 풍겼다. 조중산과 유자경을 보았을 때는 명문정파의 무인에 어울리는 분위기를 느꼈다.

그리고 흑의를 걸친 여인.

그녀는 뭔가 절제되었다는 느낌이었다. 그에 반해 지금 저 마차에 다가가 있는 사내에게서는 이들과는 확연히 다른 무엇인가가 느껴졌다.

뭔가에 얽매이지 않은 듯한 자유로운 느낌, 그리고 야수와도 같은 흉포함. 두 가지의 느낌이 동시에 드니 임청우 또한 믿기 어려웠다.

하지만 사실이다.

이십 년이 넘는 세월 동안 표국의 표사를 하면서 그는 많은 사람들을 만나고 싸워왔다. 사람 보는 눈에는 제법 일가견이 있다고 생각하는 그다.

그때 마차를 만지작거리던 설무린이 임청우를 향해 물었다.

“제법 먼 거리까지 다녀온 듯한데 어디에서 오시는 길입니까?”

“그것까지 말해줘야 하나?”

"원하시는 대로."

설무린이 어깨를 으쓱했다. 임청우가 살짝 눈썹을 모았지만 이내 입을 열었다.

"오로목제에 갔다 왔네."

"오로목제?"

설무린의 표정이 살짝 변했다.

어제 서녕에 있는 객잔에서 머물 때도 들었던 말이다. 오래전부터 그곳을 향해 수많은 장사꾼들이 물건을 가져다준다고 들었다.

아마 이들도 그 무리 중 하나일 게다.

얼굴에서 미소를 지운 그가 차가운 목소리로 임청우에게 물었다.

"가지고 갔던 물건은 뭡니까?"

"그건……."

"철일세."

그때 문안에서 쾌활한 목소리와 함께 사내가 모습을 드러냈다. 서른 중반쯤 되어 보이는 사내가 문을 열고 바깥으로 걸어나왔다.

"철이라……."

설무린의 눈동자에서 의심이 빛이 짙어졌다.

第七章
북경상단(北京商團)

북경상단은 감숙성(甘肅省) 평량(平涼)에 위치한 커다란 상
단이다.

상단 이름이 북경상단이라 북경에 위치한 곳이라고 착각
할 수 있지만 그것은 처음 상단을 새운 사람이 스스로의 고향
을 따서 지은 이름이었다.

그들은 감숙성 제일의 상인 집단으로 무림문파라고 해도
쉽사리 대할 수 없을 정도로 많은 재력을 지니고 있는 곳이기
도 하다.

한데 최근 제법 많은 양의 철을 신강까지 옮겨야 할 일이
생긴 것이다.

감숙과는 제법 먼 신강으로 가는 일인지라 북경상단은 자신들보다 그곳의 지리에 익숙한 추형표국에 일을 맡겼다. 그리고 그 일을 책임지기 위해 북경상단의 조자부(趙子夫)가 나섰다.

신강까지의 길은 제법 멀기는 했지만 별 탈 없이 물건을 넘겨줄 수 있었다. 중간에 산적들을 만나기도 했고, 조자부에게 개인적인 원한을 가진 자들이 길을 막기는 했지만 추형표국은 결코 만만한 표국이 아니었기에 쉽사리 모든 일들을 해결할 수 있었다.

그렇게 모든 일을 끝내고 이동을 하다가 이름도 없는 조그만 마을에서 하루 머무르게 됐다.

문제는 마을이 워낙 작은 터가 객잔 하나가 없었다는 것이다. 이미 늦은 밤이라 난처해하던 차에 운 좋게 마을의 촌장을 만났다. 그는 쉴 곳이 없는 추형표국의 사람들을 자신의 집에서 쉬도록 해주었다.

다섯 명당 한 방에 대충 맞춰서 집어넣고, 추형표국의 표두인 임청우와 북경상단의 조자부가 한 방을 썼다.

힘든 여정 때문에 이른 시각임에도 불구하고 잠시 졸음에 빠졌을 때다.

바깥에서 오가는 높은 목소리에 임청우와 조자부는 거의 동시에 눈을 떴다.

임청우가 불편한 표정을 지으면서 자리에서 일어났다.

"잠시 바깥 좀 살펴보고 오겠소."

말을 마친 그가 문을 열고 바깥을 살피다가 갑자기 뛰쳐나갔다. 그리고 오가는 말들이 살짝 열린 문을 통해 방 안에 있는 조자부에게 들려왔다.

"가지고 갔던 물건이 뭡니까?"

"그건……."

조자부가 벌떡 일어나 문을 열면서 입을 열었다.

"철일세."

말을 하면서 그는 바깥에 있는 사람들을 살폈다. 곤륜삼성이라는 자들도 보였고 방금 전까지 임청우와 대화를 하던 사내와 아름다운 여인도 보였다.

그중에서 조자부의 마음을 훔친 자는 다소 차가워 보이는 인상의 젊은 사내였다.

방금 전까지 뭔가를 알고 싶은 것마냥 임청우에게 이것저것 물어대던 바로 그자 말이다.

조자부는 뭔가를 중얼거리는 사내를 바라보면서 말했다.

"뭔가 더 궁금한 게 있다면 찾아와서 물어도 되네. 그럼."

말을 마친 그가 다시금 방 안으로 모습을 감추었다. 그러자 급하게 뒤를 따라 들어선 임청우가 다소 불만인지 툴툴대듯이 말했다.

"아무리 그래도 뭘 가지고 갔는지 그리 쉽게 말해도 되는 거요?"

"어차피 숨길 일도 아니지요."

이 표행은 표물을 숨기면서 움직인 게 아니다. 애초부터 모습을 드러내고 신강으로 철을 옮기는 표행이었다. 북경상단이나 추형표국과 조금이라도 관련이 있는 자들이라면 누구나 아는 일.

더군다나 철을 가지고 오는 여정 내내 그 모습을 감추지도 않았다.

"뭐, 당신이 그리 말하니 내가 할 말이 뭐 있겠소. 하여튼 이 집의 자식이 곤륜삼성이라니, 정말 놀라운 일이오."

"난 그들보다 그 사내가 더 구미가 당기던데……."

"그 사내? 아, 그 허여멀건 한 사내놈 말이오?"

조자부가 고개를 끄덕이자 그가 그만두라는 듯이 손을 내저었다.

"괜히 궁금해하지 마시오. 그놈에게서 뭔가 위험한 냄새가 나니까. 그런 놈하고 가까이 했다가는 괜스레 큰일만 당하는 법이거든."

"충고 고맙습니다."

말은 그리했지만 조자부의 눈동자는 결코 그렇지 않았다.

"북경상단? 추형표국이 북경상단의 일을 해주고 있는 거였군."

"그렇답니다, 형님."

오랜만에 부모님을 만난 탓인지 제법 늦게 일행이 있는 곳으로 온 손옥상이 지금 집에 머물고 있는 자들에 대해 대충 들은 것들을 말해주었다.

설무린은 가만히 앉아 귀를 기울였다.

계속해서 오로목제에 물건들이 드나든다는 사실이 마음에 걸린다.

오로목제는 북해빙궁과도 그리 멀지 않은 곳.

'자꾸 거슬리는군.'

이렇게 찜찜한 기분은 별로 마음에 들지 않는다. 그가 열린 문을 통해 바깥쪽을 바라봤다.

'찾아가야겠군.'

마음을 정하자마자 설무린은 자리에서 바로 일어났다. 뭐든 정한 김에 바로 해버리는 것이 그의 성격인 탓이다.

"어디 가십니까?"

"잠시 사람 좀 만나고 오죠."

"윽! 부모님께서 모두 모시고 와서 식사나 함께하자고 하셨는데……."

손옥상이 쓸쓸한 표정으로 설무린을 바라봤다. 그 모습은 일언지하에 거절하려던 설무린조차도 고개를 저을 수밖에 없게 만들었다.

"당신 정말 귀찮은 사람이야. 그리 늦게 끝나지 않을 테니 늦더라도 가지요."

“고맙습니다.”

“그럼.”

설무린은 북설과 함께 방을 빠져나왔다.

집이 그리 크지 않은 탓에 조자부와 임청우가 머무는 방에 도착하는 것은 금방이었다. 문 앞에서 멈춘 설무린이 안쪽을 향해 말했다.

“안에 있습니까?”

삐걱.

문이 열리며 조자부가 모습을 드러냈다.

“기다렸네. 이야기는 안에서?”

“바깥이 좋겠군요. 방 안에서 대화나 하고 있는 것은 체질에 맞지를 않아서 말이죠.”

“좋아!”

조자부가 설무린을 따라나서려 하자 방 안에 있던 임청우가 다급하게 뛰어나왔다. 그런 그를 향해 조자부가 괜찮다는 듯이 말했다.

“따라오지 않으셔도 됩니다. 이 근방에서 잠시 대화를 나누고 들어오면 그만이거늘……..”

“젠장! 그러다가 당신한테 일이 생기면 내 책임 아니오. 이야기하는 것에 간섭 안 할 테니 따라나 갑시다.”

“그럼 그리하시지요.”

귀찮다는 듯한 표정을 지으면서도 임청우는 조자부를 따

라 나섰다.

얼마 걷지 않아 조그마한 연못 하나가 모습을 드러냈다. 주변은 이미 어둑어둑해진 상태.

설무린이 그곳을 가리켰다.

"저곳이 괜찮겠군요."

"그리하세."

연못을 향해 걸어가던 설무린이 뒤쪽에서 따라오는 임청우를 보며 북설에게 전음을 날렸다.

"저자가 다가오지 못하게 잡아둬."

전음을 받자마자 북설이 손을 들어올려 임청우의 움직임을 막았다. 갑작스러운 그녀의 행동에 그가 인상을 구기면서 북설을 노려봤다.

"무슨 짓이오?"

"조용히 하실 말씀이 있으십니다. 여기서 더 이상 다가가지 마시지요."

"웃기는 소리!"

임청우가 거칠게 그녀의 손을 쳐내면서 앞으로 다가가려고 했을 때다. 다시 북설의 손이 그의 몸을 막았다. 임청우의 얼굴이 붉어졌다.

"곧 험한 꼴을 봐야겠소?"

"별일 없을 겁니다. 이곳에 계시기만 하면 됩니다."

"그건 내가 판단하오!"

말을 마친 그가 거칠게 북설의 손목을 꺾었다. 말이 통하지 않으니 다소 과하더라도 손을 쓰려고 마음먹은 것이다. 아무런 일도 일어나지 않을 거라고 말은 하지만 그것을 어찌 다 믿는단 말인가.

만약 조자부에게 무슨 일이라도 벌어진다면 추형표국과 북경상단의 사이는 단번에 벌어진다.

조자부는 북경상단에서도 중요한 인물. 결코 쉽사리 넘어갈 일이 아니다.

팔을 비튼 채로 임청우가 몸을 굽히고 있는 그녀를 내려다보며 말했다.

"손속이 과한 것은 사과하나, 어쩔 수 없는 일이라는 것만 알아주시오. 그럼."

그대로 북설을 점혈하려고 손을 뻗는 순간,

'응?'

갑자기 어두운 밤하늘이 보인다고 생각되는 찰나,

"큭!"

누군가가 무릎으로 가슴팍을 누른 채로 자신을 내려다보고 있었다.

북설이다.

팔목을 비틀었다고 생각했는데 그 상태로 자신을 엎어쳐 버린 것이다. 임청우는 너무 갑작스럽게 일어난 일이라 아직도 정신을 차리지 못했다.

퍼뜩 지금의 상황을 인식한 그는 분한 듯이 소리쳤다.

"다, 당장 놓지 못하겠느냐!"

"죄송하지만 움직이시면 혈도를 제압하는 수밖에 없습니다. 가만히 계신다면 당신에게 아무런 해도 끼치지 않는다고 약속드리지요."

"뭐야!"

버럭 소리는 질렀지만 지금의 상황에서 그가 할 수 있는 일은 없었다. 그리고 인정하기 싫지만 이 젊은 여인의 무공 실력이 자신과는 비교도 되지 않았다. 팔목이 비틀린 상태로 단숨에 집어 던져질 때의 움직임까지 전혀 알아차리지 못했다.

시끄러운 소란에 잠시 고개를 돌렸던 조자부는 상황이 정리되자 놀란 눈으로 설무린을 바라보면서 말했다.

"저 여인 무척이나 사납군."

"후후, 오히려 그 반대입니다."

"그런가? 하지만 지금 행동을 보니 무척이나 드센 것 같은데."

"마음이 약한 아이입니다. 제가 명령만 내리지 않았다면 결코 저 같은 행동은 하지 않았을 테죠."

연못가에 도착한 설무린이 자리에 앉으면서 반대편을 가리켰다.

"앉으시죠, 제가 특별히 방해를 받지 않게 저 아이한테 시켜 자리까지 만들었는데."

“그러지.”

아직까지 쓰러진 채로 바둥거리는 임청우를 보면서 조자부 또한 자리에 앉았다.

설무린은 단도직입적으로 물었다.

“묻고 싶은 게 있다면 찾아오라고 해서 왔습니다.”

“그 말 한 지 얼마 되지도 않았는데 찾아왔군 그래. 이처럼 강경하게 행동하니 무엇을 물을지 모르겠지만 벌써 후회가 될 지경이야.”

짐짓 겁이 난다는 듯 말은 했지만 그 말은 결코 진실이 아닐 게다. 한눈에 봐도 무공을 익힌 것 같지는 않다. 뼛속까지 상인인 인물.

그렇지만 그는 당당했다.

오히려 무엇인가 물으러 온 설무린에게 조자부는 자신이 궁금했던 것을 물었다.

“무엇인가 묻고 싶은 게 있다면 그전에 자네에 대해서 이야기해 줬으면 하는데…… 아무것도 모르는 사람에게 내가 아는 걸 가르쳐 주기는 꺼림칙해서 말일세.”

“딱히 비밀이라 할 만한 것도 없는데 말이죠. 하지만 정 묻고 싶으시다면 그건 어쩔 수 없지요. 저에 대해 뭐가 궁금하십니까?”

“이름하고 소속.”

“북해빙궁에서 온 설무린이라고 하죠. 대답을 했으니 이제

제 차례로군요."

설무린은 자신의 정체를 숨기지 않았다.

너무나 수월하게 대답하자 오히려 조자부가 질린 표정을
지었다.

"그리 쉽게 자신의 정체를 밝히나?"

"숨길 이유가 없는데 뭐 하러 숨깁니까. 그보다 약속은 지
키셔야겠습니다."

"알겠네. 물어보게. 단 나도 두 가지를 물었으니 자네도 두
가지만 묻게나."

자신은 결코 손해를 볼 수 없다는 듯이 능글맞게 웃으면서
조자부가 말했다. 하지만 애초에 설무린 또한 그리 많은 것을
물을 생각은 없었다.

단 두 가지의 질문이면 충분하다.

"오로목제로 다녀온 걸로 알고 있습니다."

"그것도 질문인가?"

"아니죠. 이건 확신이지요. 은근슬쩍 하나 깎아내려고 하
면 곤란합니다."

설무린이 주워 든 돌멩이를 연못 속으로 던졌다.

풍덩.

조그마한 돌이지만 물소리가 유독 크게 들리는 것은 그만
큼 주변이 적막에 잠겨 있다는 뜻이리라.

"물건을 어디에 넘기셨는지 알고 싶군요."

"그런 걸 내가 대답해 줄 거라고 생각하는가? 거래에 대해서는 함부로 말하는 게 아니라는 것 정도는 알 터인데."

"제 정체를 밝혔으니 그 정도는 싼값이라고 생각하는데…… 어차피 비밀스러운 표행도 아닌 것 같은데요. 마음만 먹으면 금방 알아내는 건 일도 아니죠. 다만 굳이 그러는 것보다 이 방법이 더 빠르니 이렇게 직접 묻는 겁니다."

속내를 숨기지 않는 설무린의 행동에 조자부는 재미있다는 듯이 그를 바라봤다. 설무린이 말한 대로다. 어차피 이 일정은 감춰진 것이 아니었다. 적당한 힘만 있다면 알아내는 것은 일도 아닐 게다.

북해빙궁에서 왔다고 했다.

북해빙궁에 대해 잘 아는 것은 아니지만 그곳이 곤륜파와 비교도 되지 않는다는 것 정도는 안다.

그들이 마음만 먹는다면 북경상단의 이런 표행 정도야 쉽사리 알아낼 수 있을 게다.

더군다나 처음부터 비밀이라고 생각도 하지 않았던 일이다.

"오로목제에 있는 오룡문(烏龍門)으로 가지고 갔네."

"오룡문?"

생전 처음 들어보는 문파다.

중원에 대해 많은 것을 아는 것은 아니지만 제법 알려진 문파 정도야 모를 그가 아니다. 그의 기억에서 오룡문이라는 문파는 생소하다.

문파의 정체는 모르겠지만 최소한 알고 싶은 건 알았다. 북해빙궁에 연락을 넣어 오룡문이라는 곳에 대해 알아봐 두라는 부탁만 하면 그만이다.

"두 번째 질문을 하도록 하죠. 다른 상단들도 최근 오로목제로 많이 몰린다고 하던데 전부 그 오룡문인가 뭔가 하는 곳으로 가는 겁니까?"

"아닐세. 오룡문을 비롯한 몇 개의 문파와 가문이 최근 들어 많은 물건들을 사들이고 있네."

"호오, 그렇군요."

고개를 끄덕이면서 설무린은 대충 알았다는 듯한 행동을 취했다.

그저 짐작일 뿐이지만 조심해서 나쁠 것은 없다.

"또 다른 궁금한 건 없는가?"

"있다면 대답해 주실 겁니까?"

"물론 뭔가 이쪽에서도 받은 후에 가르쳐 주겠지."

"후후! 그럴 줄 알았습니다. 하지만 어쩝니까? 이제 궁금한 게 단 하나도 없는데."

"쩝, 아까운 일이로군."

안타깝다는 듯이 조자부가 혀를 찼다.

이야기가 끝나자 설무린이 자리에서 일어나면서 엉덩이를 부분 툭툭 털었다.

“전 이만 가보죠.”

말을 마친 그가 몸을 돌렸을 때다.

여전히 바위 위에 걸터앉아 있던 조자부가 다급하게 설무린을 불렀다.

“어디로 갈 생각인가?”

“감숙에 일이 있어서 말이죠.”

“감숙? 마침 잘됐군. 어차피 우리도 감숙으로 가야 하는데 동행하는 게 어떠한가?”

“글쎄요…….”

설무린이 말을 끌었다.

그가 아직도 땅에 엎어진 채로 북설에게 잡혀 있는 임청우를 바라보면서 미소를 지었다.

“저 사람이 허락한다면 그렇게 해보죠.”

“어려운 조건을 거는군 그래.”

조자부 또한 장난스럽게 웃으면서 대꾸했다.

설무린은 그런 그를 뒤로하고 북설과 임청우를 스쳐 지나가면서 말했다.

“가자.”

북설이 자리에서 일어나면서 몸을 돌렸다.

땅에 쓰러져 있던 임청우가 자리에서 튀어 오르면서 붉어진 얼굴로 소리쳤다.

“당장 서지 못할까!”

하지만 북설은 고개도 돌리지 않고 앞서 가는 설무린의 뒤를 쫓을 뿐이었다.

참지 못한 임청우가 달려들려고 할 때였다.

"임 표두, 그만두시지요."

"그만두긴 뭘 그만두라는 게요!"

"임 표두께서 상대할 수준이 아닌 듯싶습니다."

"재보지 않고서야 그걸 어찌 알 수 있소?"

"아는 방법이 있지요. 어쨌든 싸워봤자 득이 될 자들은 아닙니다."

조자부의 저지에 분에 겨워 부들부들 떨던 임청우는 화를 삭여야만 했다.

이미 그들과 멀리 떨어져 버린 설무린은 뒤를 보지도 않고 임청우가 분에 겨워할 것을 알고 있었다. 그것이 재미있는지 설무린은 입가에 미소를 단 채로 발걸음을 옮기고 있었다.

거처를 향해 움직이던 그가 뭔가 생각났는지 다급하게 발을 멈췄다.

손옥상과 약조한 것이 생각나서다.

"괜한 약속을 했나……."

식사를 함께하자며 손옥상이 불쌍한 표정을 지어 자기도 모르게 승낙해 버린 일이다. 귀찮기는 하지만 이미 약속을 했으니 지켜야 한다.

"쩝."

설무린은 입맛을 다시면서 발걸음을 돌렸다.

참 시끄러운 밤이었다.

잠에서 깨어난 설무린은 아직까지 욱신거리는 머리를 어루만졌다.

술을 좋아하는 손옥상은 그의 아버지를 아주 빼다 박았다.

밤새 자리도 뜨지 못하고 술을 받아야만 했던 것이다.

간신히 새벽녘에 잠들었다가 동이 튼 지금 일어난 것이다. 아직까지 다른 사람들은 잠에 빠져 일어나지 못한 상태다.

문을 열고 나오자 그곳에는 언제나와 같은 모습으로 북설이 서 있었다.

"괜찮으십니까?"

"아아, 머리가 지끈거리는군."

"물이라도 가져올까요?"

북설이 조심스럽게 물었다. 그러자 설무린이 됐다는 듯이 고개를 저으면서 픽 웃음을 터뜨렸다.

그런 그의 웃음의 의미를 모르겠는지 북설이 의아한 표정을 지었다.

"너나 네 아버지에게는 신세만 지는 것 같구나."

"아닙니다. 저는 소궁주님의……."

"안다, 알아, 그림자무사라고?"

"예."

"네가 그림자무사든 아니든 간에 신세를 지는 건 사실이
지."

말을 마친 그는 아래로 내려서면서 주변을 둘러봤다.

이 집안에서 일을 하는 자들로 보이는 자들이 분주하게 돌
아다니고 있다.

"몸은 움직일 만해?"

"움직이는 데 전혀 불편함은 없습니다."

"좋아. 그럼 쉬었으니 다시 바쁘게 움직여야겠군."

시간이 없는 것은 아니지만 그렇다고 해서 여유있게 움직
일 때도 아니다.

문제는 너무 다급하게 움직여서도 안 된다는 거다.

북해빙궁을 뒤엎으려는 흉수들, 그들은 분명 설무린의 존
재를 눈치 챘을 게다. 그랬으니 어제만 해도 사려졌던 두 노
괴가 나타나지 않았는가.

그들은 자신을 예의주시하고 있다.

이런 상황에서 뭔가를 하려는 것마냥 급하게 움직여 그들
의 신경을 건드려서는 안 된다. 적어도 설군표가 당한 흡혈잠
마지독의 해약을 구할 때까지 설무린의 움직임이 그들에게
수상하게 보여서는 안 되는 것이다.

오히려 평범하게 무림에 유랑이라도 나온 것처럼 행동해
야 한다.

그랬기에 무림에 배필을 구하러 나왔다는 말도 안 되는 헛

소리까지 소요문 문주에게 하지 않았던가. 최대한 그와 근접하게 움직여야 한다.

설무린이 씻기 위해 발걸음을 옮기려 할 때 멀리서 제법 낯익은 사내 둘이 이쪽으로 다가왔다. 북설과 함께 움직이고 있던 설무린이 자리에 멈추어 섰다.

가까이 다가선 조자부가 환하게 웃으면서 말했다.

"잘 주무셨는가?"

"밤새 숙취에 고생하느라 제대로 못 잤습니다만."

"뭐, 표정을 보니 그리 좋지는 않아 보이는군."

설무린은 머리가 아픈 탓에 길게 이야기할 힘도 없었다. 그가 머리를 살살 저었다.

"머리가 아파서 그러는데 찾아온 용건이 뭡니까? 그냥 오신 것 같지는 않은데 말이죠."

"물론이네. 어제 자네가 한 말 기억하는가?"

"어제 제가 한 말이라면……?"

"임 표두가 허락하면 감숙까지 가는 길에 동행하자는 말 말일세."

"당연히 기억하죠."

설마 하는 생각에 설무린은 인상을 찌푸렸다. 북설에게 그같은 수모를 겪었으니 결코 수락하지 않을 거라는 생각에 아무런 생각 없이 내뱉었던 말이다.

설무린은 임청우를 바라봤다.

북설을 노려보는 그의 표정이 여전히 곱지 않다. 그런데……

"임 표두가 허락했네."

우려했던 말이 조자부의 입에서 흘러나왔다. 분명 오기에 차서 결코 허락하지 않으려고 했을 터인데 용케도 설득했다는 생각이 든다.

"쉬운 일이 아니었을 텐데 용케도 해내셨습니다?"

"하하!"

자세한 말은 하지 않고 조자부는 하늘을 올려다보며 웃음을 터뜨렸다.

설무린은 잠시 생각하다가 이내 이들과 섞여 움직이는 것이 더 나을지도 모른다는 판단을 내렸다. 감시하는 눈이 있다면 오히려 이 같은 모습이 더 자연스러워 보이리라.

"좀 찜찜하기는 하지만 그리하죠."

설무린이 승낙했다.

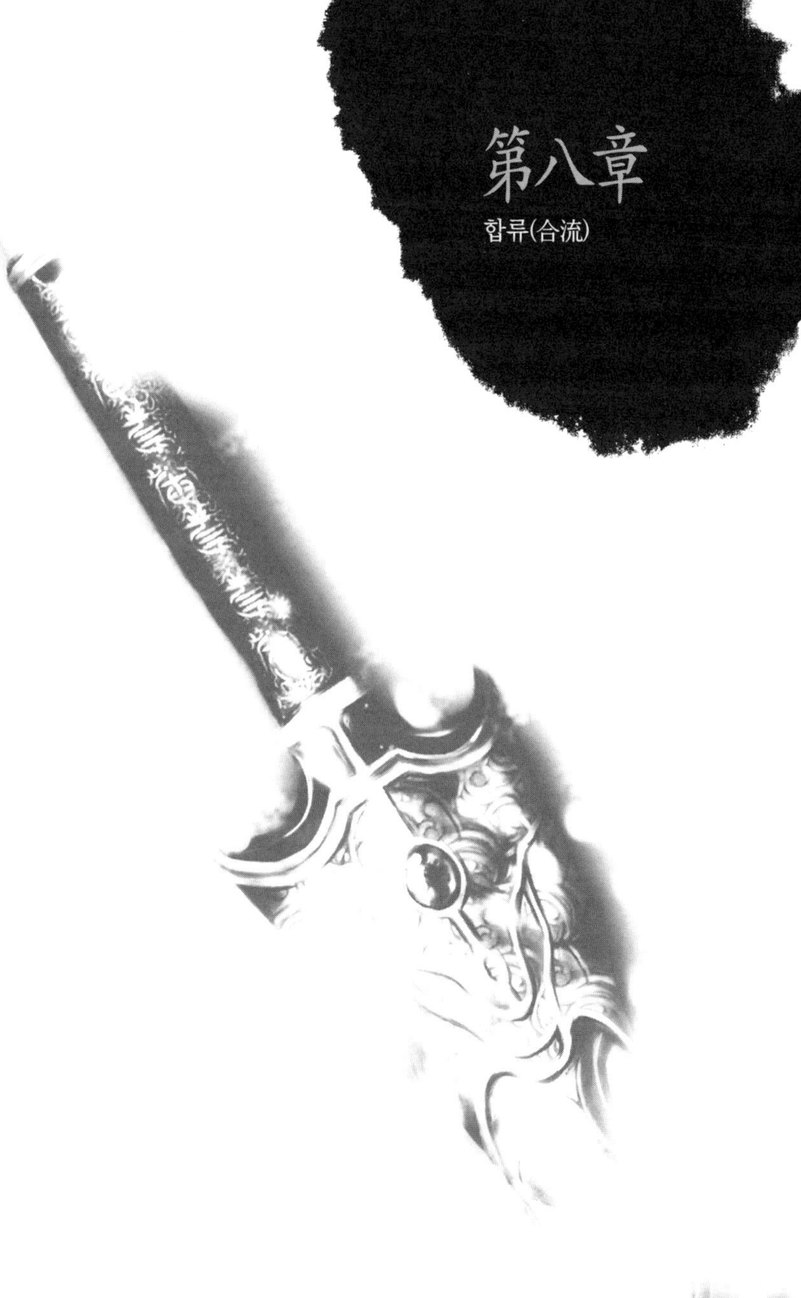
第八章
합류(合流)

북경상단은 평량에 있고, 강서성으로 가는 길 중 하나가 바로 그곳을 통해 남하하는 길이었다. 이 추형표국의 사람들이 가는 곳이 바로 평량이다.

물건을 전했다고 모든 표행이 끝나는 것이 아니다. 마지막으로 조자부를 안전하게 북경상단까지 돌아가게 해줘야만 그들의 임무가 끝났다고 볼 수 있었다.

설무린과 북설은 잠시이기는 하지만 추형표국의 표사가 되어 함께 이동하게 되었다.

며칠 동안 함께 보냈던 곤륜삼성과의 이별은 그리 길지 않았다.

갑작스럽게 이들과 함께 간다 말했거늘 그들은 크게 놀라지 않는 기색이었다.

"그럼 지금 가시는 겁니까?"

"이들이 지금 간다니 표사로서 따라갈 수밖에 없지요."

"표사라니요?"

표사로 합류한다는 말에 손옥상이 의아하다는 듯이 물었다. 설무린의 신분을 잘 알기 때문이다. 마음만 먹는다면 귀빈으로도 갈 수 있는 신분이 아니던가.

설무린이 장난꾸러기처럼 웃으면서 말했다.

"표사 일이라도 해야 돈이라도 벌지요."

"하하! 그거야 그렇군요."

손옥상도 덩달아 웃음을 터뜨렸다. 그때 옆에 있던 조중산이 가볍게 고개를 숙이면서 예를 표했다.

"설 공자를 만나서 목숨을 부지할 수 있었소. 이 은혜 언젠가 반드시 갚으리라."

"됐으니 앞으로는 몸 좀 조심하고 다녀야 할 것 같소. 괜히 그런 일에 휘말리지 말고."

"그리하도록 노력하지요."

조중산이 슬쩍 웃으면서 설무린의 말에 답했다.

그리 긴 인연은 아니었지만 그에게 입은 은혜는 말로 표현하기 힘들 정도로 크다.

사내 둘이 설무린과 이야기를 하는 동안 유자경은 눈물을

글썽이며 북설의 손을 잡고 있었다.

"언니라고 불러도 돼요?"

"그, 그래요."

북설이 내심 당황스러웠는지 눈물을 보이는 유자경의 눈을 급히 소매로 닦아주었다.

"사실 그날 고맙다고 말하고 싶었는데 제대로 말을 못했어요. 계속 눈치만 봤는데 딱히 말할 만한 기회가 없어서…… 저 때문에 상처만 입고."

"이 정도야 아무것도 아니니 걱정하지 말아요."

북설은 자신의 허리를 손으로 만지면서 그녀를 달랬다. 유자경은 여정 내내 북설과 친해지고 싶었지만 그럴 기회가 없어 제대로 말조차 나누지 못했었다. 그러던 차에 이렇게 헤어지게 되니 감정이 복받쳐 오르는 모양이다.

날아드는 하얀 빛이 시야를 덮는 순간 꼼짝없이 죽었다고 생각했었다.

그때 누군가의 손이 자신을 끌어 올려주지 않았다면 지금 유자경은 이 자리에 있지 못했을 것이다.

"나중에 다시 만나면 그때는 꼭 친하게 지내요, 언니."

"알겠어요. 알겠으니 그만 울도록 해요."

북설이 그녀를 달랠 때였다. 바깥에서 임청우의 커다란 목소리가 들려왔다.

"너희들 때문에 시간이 지체되지 않느냐! 빨리들 나오거라!"

아까와는 확연하게 달라진 말투다.

그것은 수하들을 부리는 듯한 어투였다. 하지만 방금 전에 추형표국에 가서 추후의 일정을 들을 때부터 이미 임청우의 말투는 저렇게 되어 있었다. 자신들의 합류를 허락한 이유가 뭔지 단번에 알아차릴 수 있었다.

알면서도 설무린은 계획을 바꾸거나 하지 않았다.

상대가 그리 나온다면 이쪽에서도 당하고만 있을 수 없는 노릇 아닌가.

"우리 표두님께서 성이 나셨군 그래. 우리는 이만 가볼 테니 인연이 있다면 다시 봅시다."

"인연이 있기를 바라겠습니다."

손옥상이 진심이 담긴 목소리로 말했다.

그런 그를 힐끔 바라본 후 설무린은 뒤도 돌아보지 않고 방을 걸어나갔다.

바깥에는 성이 난 표정으로 자신들을 쏘아보는 임청우가 있었다.

"삼급표사들이 일정을 늦추게 해서야 되겠느냐!"

삼급표사라는 말에 설무린의 눈썹이 꿈틀했다. 수하로 부려먹을 생각으로도 모자라 삼급표사?

지금 이곳에 있는 추형표국의 인물들은 대략 삼십 명가량이다.

개중에 쟁자수가 반, 나머지 반이 표사들이다. 열다섯 명의 표사 중에서 열 명이 삼급표사다.

그들과 자신을 같은 곳에 놔버린 것이다.

설무린이 씩 웃으면서 말했다.

"삼급표사라……."

"왜? 뭐, 문제라도 있나?"

"문제는 없지요. 하지만 천천히 문제를 만들어볼까 생각 중입니다."

"뭐?"

"후후."

웃음소리와 함께 설무린이 임청우를 스쳐 지나갔다.

그의 자신감있어 보이는 행동이 슬쩍 불안했는지 임청우는 인상을 팍 썼다.

"젠장. 뭐가 저리 자신만만한 거야."

알 수 없는 두 명의 합류에 처음엔 반대를 했던 그다. 그러자 조자부가 표사로 받아들여 함부로 부려먹는다면 스스로 떠나지 않겠느냐며 임청우를 설득했다.

분명 그럴 거라는 확신이 있어 동행을 허락했고, 바로 이런 식으로 상대의 화를 돋웠다. 그런데 떠난다는 말은커녕 오히려 상대의 성격을 건드려 놓은 꼴만 된 기분이다.

그럴듯하다고 생각하며 찬성했지만 이제 와서 생각해 보니 오히려 조자부에게 당했다는 생각만 드는 건 어쩔 수 없는 노릇이었다.

'하여튼 맘에 안 든단 말이야.'

임청우가 투덜거렸다.

표사가 하는 일은 표물을 지키는 것이다.

그렇지만 이미 표물의 운반이 끝난 지금 그 같은 표사의 임무가 사라졌다. 대신해서 그들은 북경상단의 조자부를 지켜야 한다.

조자부는 북경상단에서 알아주는 장사꾼이다.

무공은 전혀 모르지만 뛰어난 화술로 수많은 자들과의 거래를 성사시켜 온 사내인 것이다. 그만큼 그는 무림과 상계에 수많은 적들을 두고 산다.

이번 표행에서도 조자부에게 적의를 지닌 자들이 수차례 길을 막기도 했다. 돌아가는 길 또한 그리 순탄치 못할 것은 분명하다. 그런데 막상 긴장하고 있어야 할 당사자가 오히려 너무 유유자적하다.

유랑이라도 나온 서생처럼 주변을 두리번거리면서 좋아라 하는 그를 보며 가벼운 한숨을 내쉬던 임청우의 눈에 이내 설무린의 모습이 들어왔다.

물건을 싣던 수레에 걸터앉아 이동을 하는 그를 보는 순간 화가 터져 나왔다.

"이 자식, 왜 거기 앉아 있는 게냐!"

버럭 소리를 질렀지만 설무린은 못 들은 척 딴청을 부렸다.

그의 옆에 앉아 있던 북설만이 뒤로 시선을 돌렸을 뿐이다. 그녀는 불편한 표정을 짓고 있었지만 설무린이 이같이 행동하니 어쩔 수 없이 따라야만 했다.

"야, 임마!"

"아, 나 말입니까?"

"그럼 너 말고 누가 이곳에서 수레에 앉아서 이동을 하느냐 말이다! 어디서 삼급표사가……!"

"거 말끝마다 삼급표사, 삼급표사. 뭐, 삼급표사에 원수라도 졌습니까?"

"이놈이 그래도……."

"어차피 빈 수레 아닙니까. 앉아서 가면 혹여 무슨 일이 벌어질 때를 대비해 체력 비축에도 좋고 힘 안 들어서 좋고. 왜 굳이 고생을 하는지 모르겠군요."

설무린은 빠르게 대답하고는 그대로 수레에 벌렁 누워버렸다.

골탕을 먹일 생각에 일행에 합류시켰던 임청우가 오히려 속을 썩고 있는 입장이었다.

마음 같아서는 당장에 끌어다가 벌을 내리고 싶지만, 문제는 상대의 실력이 만만치 않다는 거다.

설무린이라고 불리는 남자 놈의 실력은 모르겠다. 하지만 북설과 임청우는 손을 겨루어본 적이 있다. 물론 방심하고 있었다고는 하지만 전력을 다한다고 해도 이길 거라고 자신할 수 없는 게 사실이었다.

얼마 가지 않아 수레에 벌렁 누워 있던 설무린이 반쯤 몸을 일으켜 세우더니 임청우를 향해 소리쳤다.

"밥은 언제 먹습니까? 배가 고파서 못 움직이겠군요!"

그 말에 임청우는 화가 나 부들부들 떨었다.

'저 죽일 놈이! 수레에 누워 있는 주제에 못 움직이긴 뭘 못 움직인다고…….'

설무린과 북설을 합류시킨 지 하루 만에 임청우는 크게 후회하고 있었다.

닷새가량을 움직여 추형표국의 일행은 감숙성에 들어섰다. 그 닷새라는 시간 동안 임청우는 폭삭 늙어버린 기분이다.

북설이라는 여인은 아무것도 아니었다. 아니, 오히려 그녀는 결코 남을 화나게 하지 못하는 여인이었다. 자신을 쓰러뜨리고 내리눌렀던 사실은 이미 예전에 잊었다.

그녀 말고 오히려 북설의 옆에 있는 설무린이라는 작자가 더 신경을 건드린다.

화를 내도 스리슬쩍 넘어가고, 언제나 임청우의 신경을 긁어대니 잠을 자려고 누워도 화가 나서 눈이 감기지 않을 지경이었다.

어디서 저런 독종 같은 놈이 나타났는지 의문이 들 정도다.

객잔에 들어서서 놈의 모습이 보이지 않으니 그나마 마음이 한결 편해졌다.

침상에 누운 임청우는 천장을 바라보면서 자신의 신세를 한탄했다.

"어쩌자고 물려도 저런 놈한테 물린 건지 모르겠군."

그와 한 방을 쓰는 조자부가 중얼거리는 목소리를 들었는지 고개를 돌려 그를 바라봤다.

"설 공자 이야기입니까?"

"공자는 무슨…… 하는 짓거리를 보면 동네 왈자패들이 더 낫겠소."

"다소 특이한 사람 같기는 하더군요."

"이게 다 조 대인 때문 아니오. 조 대인이 그자를 끌어들이자고 해서 다 이리된 것 아닙니까."

일이 이렇게 되니 임청우는 책임을 조자부에게 돌렸다.

하지만 이미 때가 너무 늦었다는 것은 그 또한 알고 있는 바다.

"식사하십시오."

바깥에서 삼급표사 중 하나의 목소리가 들려왔다.

마침 배가 고팠던 조자부가 짐을 모두 내려놓은 채로 자리에서 일어섰다. 그는 문을 열면서 아직까지 뒤에 누워 있는 임청우에게 물었다.

"식사 안 할 겁니까?"

"됐소. 조 대인이나 드시오. 난 도통 그놈만 봐도 소화가 안 돼서……."

"그럼 먼저 내려가도록 하지요."

조자부는 문을 닫고는 앞에서 기다리는 삼급표사와 함께 계단을 내려섰다. 아래에는 이미 추형표국의 인물들이 자리한 채로 주문한 음식들을 기다리고 있었다.

조자부가 자리에 앉자 일급표사가 물었다.

"임 표두님께서는 안 내려오십니까?"

"입맛이 없다고 하시더군. 먼저들 먹자고."

무슨 일이 벌어질지 모른다며 식사를 거르지 말라던 임청우가 식사를 거른다고 하자 사람들은 믿기 어렵다는 표정을 지었다.

하지만 조자부가 그렇다고 말하니 믿을 수밖에 도리가 없었다.

설무린의 앞에 앉은 조자부가 내심 대단하다는 듯이 말했다.

"자넨 내 생각보다 대단한 친구 같네."

"뜬금없이 무슨 소리인지 모르겠군요."

"아무것도 아닐세."

말은 그리했지만 설무린 또한 자신이 한 말의 의미를 대충이나마 짐작하고 있으리라 조자부는 생각했다.

막 나온 음식에서 모락모락 김이 피어올랐다.

“자자, 어서들 들게.”

조자부는 음식에 젓가락을 가져다 대면서 환하게 웃었다. 처음엔 머뭇거리던 다른 표사들과 쟁자수들도 식사를 시작했다. 그렇게 사람들이 식사를 하고 있을 때였다.

북설이 고개를 숙인 채로 조그맣게 중얼거렸다.

“오른쪽 탁자에 있는 자들이 계속 눈치를 보고 있습니다.”

“…….”

말을 들었음에도 설무린은 아무것도 모르는 것처럼 계속해서 식사에 열중했다.

그 와중에 슬쩍 곁눈질로 북설이 말한 자들을 살피는 것 또한 잊지 않았다.

그녀의 말대로 오른쪽 테이블에 앉아 있는 두 명의 사내가 이쪽을 힐끔힐끔 바라본다.

이유는 정확하게 알지 못하지만 호기심 때문만은 아닌 듯싶다.

어차피 저들이 뭔가 생각하고 있다고 해도 먼저 움직이지 않는 이상 이쪽에서 먼저 선공을 펼칠 필요는 없다.

더군다나 저들은 한눈에 봐도 별 볼일 없는 무공을 지닌 자들인 듯했다.

저 정도의 자들이 나선다고 해서 지금 이 자리에 있는 추형 표국의 표사들이 밀릴 리가 없다.

서둘러 식사를 마친 설무린이 자리에서 일어났다.

조자부가 고개를 들어올려 그를 바라봤다.

"검이 박살 나서 새로 하나 사 오겠습니다."

"검? 자네 등에 있지 않은가."

"이놈은…… 휘두를 물건이 아니라서 말이지요."

조자부가 말하는 빙마몽환검은 설무린이 다룰 수 있는 물건이 아니었다.

얼마 전까지 가지고 있던 검은 사혈괴마와 흑풍귀와 싸울 때 박살이 났다.

그때 몸속에서 터져 나왔던 알 수 없는 거력을 버텨내지 못했던 것이다.

북해빙궁에서 챙겨온 제법 좋은 검이었음에도 불구하고 설무린의 몸에서 터져 나온 힘을 버텨내지 못했다. 그만큼 그 힘이 엄청났다는 소리였다.

"사연이 있는 모양인데 묻지는 않겠네."

"그럼 금방 다녀오지요."

북설과 함께 설무린은 객잔을 빠져나왔다.

감숙성 난주(蘭州)로 향하는 길에 있는 이 마을은 그 크기가 제법 되는 곳이었다.

지리적 요충지인지 많은 사람들도 오가고 객잔의 수도 제법 되었다.

이러한 곳에서는 대장간에서 무기를 구하는 것도 그리 어려운 일이 아니다.

큰길가에 들어서자 찾지 않았음에도 불구하고 두어 개의 대장간이 모습을 드러냈다. 설무린은 가장 가까운 곳에 있는 대장간으로 들어섰다.

안으로 들어선 설무린은 살짝 떨떠름한 표정을 지었다.

화로는 안 쓴 지 오래된 듯 엉망이고, 불 때문에 느껴져야 할 훈훈함도 없었다.

다만 빼빼 말라 고목을 연상케 하는 사내 하나가 옆에 달라붙었을 뿐이다. 얼굴이 홀쭉하고 앞니가 튀어나와 마치 쥐를 연상케 하는 자였다.

근사한 옷을 차려입은 그가 손님이 찾아오자 입에 발린 소리를 토해냈다.

"아이쿠! 멋진 무사님 아니십니까요. 옆에는 천상에서 내려온 여협도 계십니다."

"여기 주인장이시오?"

"그렇습니다요. 왜, 무엇을 사러 오셨습니까? 아니면 뭘 팔러 오신 건……."

설무린의 등에 묶여 있는 빙마몽환검을 보며 쥐처럼 생긴 사내가 침을 꿀꺽 삼켰다. 빙마몽환검은 한눈에 보기에도 제법 고가로 보일 정도의 보검이었기 때문이다.

탐욕에 물들어 있는 대장간 주인을 향해 설무린이 딱 부러지게 말했다.

"내 목숨을 살 정도의 돈이 있다면 팔지."

"엥?"

알아들을 수 없는 말이지만 장사를 하는 사람답게 설무린의 기분이 좋지 않음을 그는 단박에 알아차렸다. 그는 바로 살살거리면서 설무린의 비위를 맞추려 들었다.

"농담입니다요. 그나저나 뭐 찾으시는 거라도 있으십니까?"

"검 한 자루를 사려고 하는데 아주 좋은 놈이었으면 좋겠소. 웬만한 충격에는 박살 나지 않아야 하니까. 이 대장간에서 제일 좋은 놈으로 보여주시오."

"오! 검이라면 역시 이 마을에서 저희 대장간이 제일입죠. 이쪽으로 오십시오."

대장간 주인의 행색이나 언행이 마음에 들지는 않았지만 설무린은 그의 뒤를 따라갔다. 주인이 벽에 걸려 있는 수많은 검들을 가리켰다.

"이놈들이 저희 가게에서 제일 좋은 놈들입니다. 마음에 드시는 놈을 말씀하시지요."

설무린이 조용히 검을 바라보자 대장간 주인이 징글맞은 미소를 지으면서 그런 그를 응시했다.

'어린 놈이 보면 뭘 알겠느냐. 건방지게 옆에 계집이나 끼고 다니고……'

지금 주인이 보여준 검들은 겉보기에 화려하고 비싼 검들

이다. 하지만 거의 다가 장식용으로 제작된 것인지라 그 강도
는 그리 좋지 않았다.

그러나 멋으로 검을 차고 다니는 자들은 이런 비싸기만 한
검에 혹하게 마련이다. 더군다나 써보지 않고 그 강도를 알기
는 힘들 일 아닌가.

겉으로 보기에 벽에 걸려 있는 검들은 보검이라고 해도 믿
을 수 있을 정도였다.

말없이 검을 응시하던 설무린이 입을 열었다.

"형편없군."

'잉?

자신이 잘못 들었나 하는 생각에 대장간 주인은 눈을 동그
랗게 떴다. 그렇지만 이내 설무린이 가볍게 손가락으로 검을
튕기면서 고개를 젓는 것을 보고는 자신의 귀가 틀리지 않았
음을 확신했다.

"뭐 맘에 안 드시는 점이라도……."

"하나같이 약해빠진 물건 아니오. 정말 이게 이 대장간 최
고의 물건들은 아니겠지?"

"아니, 무슨 증거로 그러십니까?"

한 번 속이기로 마음먹은 이상 뻔뻔하게 나가야 한다. 그랬
기에 그는 오히려 성이 난 것마냥 설무린을 몰아붙였다. 대부
분 이러면 지레 한발 물러나면서 다시 한 번 검이라도 살펴보
련만 이번 상대는 그런 예측을 완전히 벗어났다.

설무린이 벽에 걸려 있는 검 하나를 들어올렸다.

너무나 태연한 그의 모습에서 불안감이 들기는 했지만 이미 엎질러진 물이다.

대장간 주인은 설무린의 행동을 아무런 말도 없이 바라봤다.

"이 물건을 내가 손가락으로 부수면 어떻게 할 거요?"

"말도 안 되는 소리!"

아무리 장식용 물건이라고 해도 엄연한 검이다. 검을 손으로 부순다는 것은 말로만 듣던 절정무인의 수준이나 되어야 가능한 일이다.

'이놈 미친놈이로구나! 오냐, 내 오늘 네놈을 아주 벗겨 먹어주마!'

내심 속으로 호언장담을 하는 대장간 주인을 향해 설무린이 제안을 했다.

"내가 이 검을 부순다면 이 검 값은 나에게 물지 않는 걸로 하지. 어떻소?"

"좋습니다! 하지만 만약 그러지 못할 시에는 그 검 값을 나에게 줘야 합니다. 물론 검은 이곳에 두고 말이지요."

"그렇게 하지."

설무린이 고개를 끄덕이자 대장간 주인은 흉측하게 웃으며 속으로 쾌재를 불렀다.

지금 설무린이 든 검은 세세하게 만들어진 외양 때문에 비싼 값에 거래되는 물건이다.

이놈 하나만 팔아도 하루 수입의 몇 배는 되는 이득을 얻게 된다. 그런데 부수지 못하면 검을 놓고 돈만 물어야 한다. 이거야말로 날로 돈을 먹을 기회가 아닌가.

하지만 상대가 상대인 만큼 조심해야 된다고 생각했는지 대장간 주인이 안쪽 방에 있는 자신의 수하를 불렀다.

"종칠아, 잠시 나와보거라!"

"아, 왜 그러시오, 형님?"

안에서 커다란 덩치의 험상궂은 사내가 어슬렁거리면서 걸어나오다가 북설을 보더니 히죽 웃었다.

"이게 웬 떡이오?"

"손님이시다. 함부로 말을 하지 말거라."

"아, 그렇소? 미안하게 됐수다."

미안하다고 사과는 하지만 그 행동거지가 맘에 들지 않았던 설무린이 잔인한 미소를 지으면서 종칠이라는 사내를 바라봤다.

그 웃는 눈을 보는 순간 종칠은 자신도 모르게 오싹하는 느낌을 받았다.

그런 자신의 수하의 상태를 알지 못하는 대장간 주인이 설무린을 향해 말했다.

"혹여나 일어날 일을 대비해서 잠시 제 아우 놈 하나를 불렀습니다. 이해해 주시지요."

"상관없소."

설무린이 퉁명스레 말했다.

처음부터 맘에 들지 않았다.

대장간 주인만 해도 화를 돋우었는데 저 종칠이라는 놈이 나타나 북설을 향해 군침을 삼키는 모습이 설무린의 신경을 건드렸다.

가볍게 골탕이나 먹여주려던 생각이 확 변했다.

설무린은 벽에서 빼냈던 검에 손을 가져다 댔다.

엄지와 검지로 검날을 잡은 그가 몸 안에 있는 내공을 손가락으로 몰았다.

빙백신공이라는 내공심법으로 인해 차가운 한기가 손가락으로부터 흘러나갔다.

설무린이 가볍게 검날을 꺾었다.

탕!

웃고 있던 대장간 주인의 안색이 순식간에 딱딱하게 굳어 버렸다. 마치 나뭇가지마냥 검날이 반으로 꺾여 부러져 버린 것이다.

그는 당황했는지 말을 더듬으면서 급히 변명을 시작했다.

"이, 이게 왜 이러지? 젠장, 그 망할 놈이 나에게 사기를 쳤구나! 이거 정말 죄송하게 되었습니다."

"사기를 당했다니 어쩔 수 없군요. 그렇다면 이 기회에 제가 다른 것도 한 번 확인해 줄까 하는데."

“구, 굳이 그러실 필요는……”

대장간 주인이 급히 말리려 들었지만 이미 설무린의 손은 다른 검에 닿아 있었다. 이제 와서 말린다는 것도 우스운 일이었기에 대장간 주인은 제발 같은 일이 벌어지기 않기를 속으로 빌뿐이었다.

하나 그런 그의 바람은 시원한 소리와 함께 산산이 부서져 버렸다.

캉!

“이것도 엉망이군.”

이제는 안색이 시퍼렇다.

저 두 검의 가격이 얼마인데!

설무린의 손이 다른 검을 잡는다. 그리고는 다시 한 번 엄지와 검지로 검날을 부숴 버렸다.

이제는 대장간 주인의 안색이 파랗다 못해 시커멓게 변해 버렸다.

“거참, 이 집은 사기만 당한 모양이군.”

너무나 가볍게 내뱉는 그 말이 대장간 주인에게는 천둥소리보다 더 크게 들려온다.

다음 검에 손을 가져다 대는 설무린의 모습에 참지 못한 그가 소리쳤다.

“그만! 그만 하지 못해! 감히 남의 가게 물건을 다 부수다니! 전부 배상받아야겠다, 이놈!”

“뭐야? 남에게 사기를 치려고 한 주제에 돈을 받겠다고? 거 낯짝 한번 두껍군.”

“닥쳐라! 종칠아!”

기다렸다는 듯이 옆에 있던 커다란 몽둥이에 슬쩍 손을 대고 있던 종칠이 움직였다. 단숨에 거리를 좁히면서 그가 대성을 터뜨리며 몽둥이로 설무린을 내려치려고 할 때였다.

“단번에 납작하게 만들어……!”

자신있게 움직이던 종칠이 멈췄다.

단숨에 거리를 좁힌 설무린이 그의 바로 앞에 멈추어 서서 손가락으로 열려진 입 안에 있는 이빨을 잡고 있어서다.

종칠은 움직일 수가 없었다.

설무린이 그런 그를 올려다봤다.

여전히 얼굴에 지어진 잔인한 미소가 다시 한 번 종칠을 움찔하게 만들었다.

“방금 검날 부수는 거 봤지? 이 이빨도 그렇게 해줄까?”

“…아우아우!”

입을 닫을 수가 없기에 그가 급하게 고개를 저어댔다. 그러자 설무린이 인상을 구기며 발로 복부를 걷어찼다.

“컥!”

“제대로 말해. 더럽게 침이나 흘리지 말고.”

“사, 사여줘…….”

“살려달라는 거냐?”

“으, 으응.”

고개를 살짝 끄덕이면서 종칠이 급히 대답했다.

설무린이 그대로 이빨을 잡았던 손을 빼면서 뺨을 가격했다. 그 거구의 사내가 너무나 쉽게 공중으로 붕 뜨더니 책상 한구석에 틀어박혔다.

설무린이 침으로 더러워진 손을 불쾌한 듯이 바라보면서 중얼거렸다.

“어디서 반말이야!”

옆에 있는 천에 손을 빡빡 닦으면서 설무린이 놀라 멍하니 서 있는 대장간 주인을 향해 시선을 돌렸다. 그 시선을 받자 퍼뜩 정신을 차린 대장간 주인이 움찔하면서 뒤로 몇 발자국 물러서고 말았다.

호구라 생각했다. 그런데 그 생각이 틀렸다. 호구라고 생각했던 자에게 물리게 생긴 것이다.

‘뭐 이런 개 같은 경우가 다 있냐! 아이고, 난 죽었다.’

대장간 주인은 벌벌 떨면서 어떻게든 이 상황을 타파하기 위해 머리를 굴렸다. 그런데 눈앞에 있는 사내의 방금 전 행동을 봐서는 그리 호락호락할 것 같지 않았다.

아무리 생각해도 딱히 방법이 나오지 않자 그는 그대로 무릎을 꿇었다.

“제가 대협을 몰라뵙고 멍청한 짓을 했습니다요! 제발, 불쌍한 이 못난 놈의 목숨만은 살려주십시오!”

대장간 주인으로서는 이 방법 아니고는 다른 뭔가가 전혀 생각나지 않았다. 그는 손이 발이 되듯 그저 싹싹 빌기 시작했다.

설무린은 그렇게 비는 대장간 주인을 무시하고 주변을 두리번거리다가 검 한 자루를 찾아서 꺼냈다. 외양이 화려하지는 않지만 섬세하게 만들어진 검이었다.

묵빛의 검은 제법 설무린 자신과도 어울려 보였다.

검을 찾은 설무린은 그것을 가볍게 휘둘러보다가 이내 마음에 들었는지 검을 허리에 찼다.

아직까지 빌고 있는 대장간 주인을 향해 설무린이 말했다.

"이 물건이 그나마 이곳에서 제일 낫군."

"가, 가져가십시오."

"돈은?"

"무, 물론 공짜지요."

대장간 주인이 어색하게 웃었다. 그러자 설무린은 곤란하다는 듯이 뒷머리를 긁적거렸다.

"공짜로 받는 건 그리 좋아하지 않는데……."

잠시 고민하던 척하던 설무린이 뭔가 생각난 듯 손바닥을 마주쳤다.

"옳거니!"

설무린은 품 안에서 동전 한 닢을 꺼내서 책상 위에 턱하니 올려놓았다.

"이걸로 소면이라도 한 그릇 사 잡수시오. 그럼."

마치 선심이라도 쓰듯 동전 한 닢을 놓고 설무린은 유유자적하게 대장간에서 사라졌다.

넋을 잃고 멍하니 자리에 앉아있던 대장간 주인이 후들거리는 다리를 진정시키면서 일어났다.

그는 책상 위에 올려져 있는 동전 한 닢을 움켜쥐었다.

'망할 놈! 나보다 더한 천하의 사기꾼 같은 놈!'

그는 설무린이 사라진 문 쪽으로 동전을 냅다 집어 던졌다.

다시금 길을 떠나기 위해 채비를 하던 조자부는 설무린의 허리에 달려 있는 묵빛 검을 보고는 가벼운 탄성을 지었다.

"그거 참 좋은 검이로군."

"알아보시겠습니까?"

"물론이지. 내 비록 무인은 아니지만 장사꾼 아닌가. 장사꾼이 돈이 될 물건과 아닌 것 정도 알아보는 건 그리 어려운 일이 아닐세. 제법 비싼 물건이 분명하겠어."

"후후, 틀렸습니다. 이건 동전 한 닢으로 산 물건이지요."

"뭐야?"

동전 한 닢이라는 말에 조자부가 되물었지만 설무린은 대답할 마음이 없는지 딴청을 부리다가 다시 수레에 올라탔다.

그런 그의 모습에 다른 표사들의 표정이 슬쩍 변했다.

알면서도 설무린은 그러한 그들에게 아무런 말도 하지 않았다.

추형표국의 표사들인 이들이 표두인 임청우와 사사건건 부딪치는 설무린을 좋게 볼 리가 없었다. 거기다가 비록 임시이기는 하지만 삼급표사의 위치에 있는 자가 너무나 건방지다는 것이 그들의 눈 밖에 난 이유였다.

화는 나지만 조자부가 뒤를 봐주고 있으니 그들로서도 분하지만 건드릴 수 없는 형편이었다.

어차피 이들에게 잘 보여야 할 필요가 없는 설무린이기에 그런 그들의 눈빛은 아무렇지 않게 받아넘길 수 있었다.

잠시 수레에 올라타 있는 설무린을 노려보던 임청우가 고개를 돌렸다.

"가자."

식량을 실은 마차가 움직이기 시작했다.

수레에 걸터앉은 설무린이 하늘을 올려다보며 감탄 어린 탄성을 터뜨렸다.

"날씨 한번 좋구나!"

다소 쌀쌀해지는 날씨지만 아직 낮에는 선선한 느낌이 더욱 강하다.

잠시 동안 하늘을 올려다보며 미소를 짓던 설무린은 이내 그것도 시들해졌는지 그대로 수레에 드러누워 잠을 청하기 시작했다.

선두에서 말을 타고 움직이던 일급표사 하나가 그런 설무린의 행동이 마음에 들지 않았는지 그를 노려보았다.

'삼급표사 주제에 조 대인이 봐준다고 너무 건방져. 좋아! 어디 한번 맛 좀 봐라.'

골탕을 먹일 생각으로 슬쩍 뒤로 다가와 말 뒷발굽으로 수레의 옆을 걷어차게 했다.

막 말굽이 수레를 차려는 순간 앉아 있던 북설의 손이 움직였다.

파악!

히이잉!

"이런!"

오히려 발을 들었던 말이 북설의 손에서 터져 나온 장력을 버텨내지 못하고 옆으로 쓰러져 버린 것이다.

덕분에 볼썽사납게 말과 함께 쓰러진 그가 붉어진 얼굴로 자리에서 일어났다.

화를 내려고 했지만 자신이 한 행동이 있는지라 그는 짜증을 내면서 다시금 말을 일으켜 세웠다.

말없이 그 상황을 보고만 있던 임청우는 다시 한 번 북설이라는 여인의 무공에 감탄했다.

역시 저번에 자신이 제압당했던 것이 방심 때문만은 아닌 모양이다.

북설의 무공은 오랜 시간 추형표국에 몸 담아오면서 표행을 해온 자신보다 훨씬 높았다.

그녀와 한 번쯤 무공에 대해 이야기를 해보고 싶지만…….

임청우의 시선이 세상모르게 수레에 누워 잠을 자고 있는 설무린에게로 향했다.

저놈만 보면 북설에 대한 호감이 단숨에 사라진다.

도저히 무슨 생각을 하는지 알 수 없는 사내다.

심지어 같은 자리에 앉아 밥을 먹을 때조차도 다른 생각을 하는 것만 같다.

이런 자는 위험하다.

같은 편이라도 믿기가 어렵고, 만약 적이라면 상대하기 한없이 귀찮다. 오랜 시간 표사를 하면서 겪은 그의 경험이 그리 말하고 있다.

'에이! 모르겠군!'

조자부가 무슨 생각으로 이들을 합류하게 했는지 모르겠지만 임청우로서는 이해가 가지 않을 뿐이었다.

복잡한 임청우의 마음도 모르고 조자부는 말 위에 앉은 채 정면만을 응시하고 있다.

일행은 그렇게 다음 목적지인 난주를 향해 나아갔다.

조그마한 암자가 세워져 있는 계곡에는 새소리만이 가득했다. 마치 세상과 동떨어진 별세계에 온 것마냥 이곳은 자연과 하나가 된 듯한 공간이었다.

그곳에 앉아 있는 노인의 손에는 낚싯대 하나가 들려 있었다.

"영악한 놈들! 먹이만 스리슬쩍 빼먹고 도망을 쳤군."

낚싯대에 다시금 미끼를 건 노인은 다시금 계곡 물을 향해 낚싯대를 집어 던졌다.

다시금 낚싯대를 세워놓은 노인이 자리에 앉았을 때다.

찌르르!

사방에서 들려오는 새소리 사이에서 유독 한 소리가 귀에 들려온다.

날아든 새가 노인의 낚싯대 앞에 앉았다. 노인은 이내 새의 발목에 묶여 있는 종이 쪽지를 빼냈다.

천천히 종이를 펼쳐 안의 내용을 읽던 노인의 표정이 변했다.

"사혈괴마와 흑풍귀가 죽었다?"

믿을 수 없는 일이다.

그 둘이 무슨 일을 하러 갔는지 잘 알기에 더더욱 이 서찰의 내용을 보고 놀라 버렸다.

두 노괴는 북해빙궁의 소궁주를 죽이라는 명을 받고 움직였다. 당연히 성공할 거라는 생각에 내린 명령이거늘 결과는 예상 밖이었다.

살아서 돌아와야 할 둘은 시체가 되어버렸고, 죽었어야 할 북해빙궁의 소궁주는 살아서 돌아다닌단다.

"제대로 싸워서 졌을 리가 없다. 뭔가 술수를 부린 게 분명해."

와락!

노인이 종이를 구겼다.

"이게 무슨 창피한 꼴이란 말인가. 겨우 그런 어린 놈 하나 해결하지 못하고 나이 처먹은 지들이 죽어? 허허! 부끄러워서 고개를 들 수가 없구먼. 쯧쯧."

노인이 낚시대를 허공으로 휙 잡아챘다.

미끼와 함께 커다란 물고기 한 마리가 낚아채져서 공중으로 날아올랐다.

땅바닥에 떨어진 물고기가 퍼덕거리기 시작했다.

노인은 말없이 퍼덕거리는 물고기를 바라봤다.

이내 물고기의 움직임이 약해지더니 곧 완전히 멈추어 버렸다.

"북해빙궁 소궁주의 이름이 뭐라고 했더라. 설…… 설 머시기였는데 말이야. 이거야 원, 나이를 먹었더니 기억력도 나빠진 모양이로군. 뭐, 이름이야 몰라도 상관없지."

노인은 낚싯대를 팽개치고 몸을 돌렸다.

노인의 몸에서 흉흉한 살기가 터져 나와 주변을 뒤덮었다. 지저귀던 새들의 울음소리가 단숨에 사라졌다. 그의 살기에 근방에 있던 새들이 숨을 죽였다.

“어차피 죽을 놈, 묘비에 적을 때 말고는 이름이 필요하지
않는 법이니까.”
두 노인의 복수를 하기 위해 제법 거물이 움직였다.

第九章

숨어 있는 자들

조자부를 데려가려면 목숨부터 걸어라

난주를 지나서 며칠을 더 가다 보면 정서라는 지역이 나오고, 또 그곳을 지나 열흘에서 보름가량을 이동하면 바로 추형표국의 목적지이자 북경상단이 있는 평량(平凉)에 도착하게 된다.

벌써 설무린과 북설이 추형표국의 일행이 된 지 보름이 지났건만 아직까지도 이들은 서로를 못 본 척하면서 지내고 있었다.

물론 그것은 설무린 또한 바라는 바이기도 했다.

그나마 추형표국 내에서 말을 하는 자는 조자부뿐이었다. 임청우는 종종 불만스러운 눈빛으로 쳐다만 볼 뿐 요새 들어서는 시비를 걸어오지도 않는다.

설무린은 수레를 타고 이동하는 시간을 헛되게 보내지 않았다.

운기행공을 할 장소는 아니었기에 머릿속에서는 온갖 초식들이 난무했다. 그의 머릿속에서는 실전을 방불케 하는 훈련들이 펼쳐지고 있었던 것이다.

한참을 달리던 마차의 선두에서 갑자기 소란이 일었다.

"이런 망할!"

시끄러운 소란에 명상에 잠겨 있던 설무린이 눈을 뜨고는 선두 쪽을 바라봤다.

마차가 전복이라도 됐는지 선두에 달리고 있던 마차가 그대로 쓰러져 있는 상태였다.

큰일이 아니기는 했지만 대부분의 표사들과 쟁자수들이 그쪽으로 달려갔다.

설무린은 가만히 앉아서 그쪽을 바라봤다.

시선은 사고가 난 방향으로 향하고 있었지만 정작 그의 관심은 주변에서 얼쩡거리는 숨은 기척이었다. 제법 기척을 감출 줄 아는 놈들 두 명이 나무에 몸을 숨긴 채 이쪽을 내려다보고 있었다.

그나마 추형표국에서 가장 고수인 임청우조차 알아차리지 못할 정도의 자들이었다.

비록 표사들이기는 하지만 추형표국은 이름이 알려진 곳

이다. 그런 그들을 이끄는 표두인 임청우는 일류의 반열에 들어선 고수다.

감시자들은 그런 그의 이목을 숨기고 있는 것이다.

'제법이군.'

누구를 노리는지는 알 수 없다. 하지만 적어도 자신이나 북설을 노리는 자들은 아닐 거라는 확신이 든다. 만약 그랬다면 이처럼 녹록한 자들을 감시자로 붙이는 아둔한 짓을 벌였을 리는 없었다.

가장 유력한 것은 역시나 조자부이거나 임청우다. 적어도 이 정도의 자들이 노리는 자라면 그에 걸맞은 수준의 인물일 테니까 말이다.

"젠장! 구덩이가 뭐 이따위로 깊어!"

일류표사 하나가 거의 반쯤 빠져 버린 마차를 보면서 짜증 난다는 듯이 바퀴를 걷어찼다. 하지만 그런다고 해서 구덩이에 빠진 마차가 해결되지는 않는다.

말 위에 앉아 있던 임청우가 땅으로 내려섰다.

그는 웅성거리는 다른 자들을 제치고 밧줄 하나를 수레의 뒤쪽에 묶었다.

마차를 밧줄로 꽁꽁 묶은 임청우가 단숨에 그것을 잡아당겼다.

끼리릭!

"오!"

커다란 구덩이였음에도 불구하고 임청우의 힘에 마차는 구덩이를 빠져나왔다.

마차를 끄집어낸 그는 양손을 툭툭 털었다.

소 몇 마리가 달라붙어야 가능할 일을 손쉽게 해낸 임청우였지만 그는 아무렇지 않다는 듯이 다시 말 위에 올라탔다.

그는 오히려 멈추어 서 있는 선두를 향해 소리쳤다.

"뭣들 하는 거냐. 어서 가자!"

"알겠습니다!"

외침과 함께 잠시 지체되었던 추형표국이 움직였다.

수레 옆에서 말을 타고 움직이던 조자부가 설무린에게 말했다.

"무인이라는 사람들을 보면 신기하다니까, 어떻게 저 같은 일을 이처럼 손쉽게 해내는지. 자네에게도 저런 일은 어렵지 않겠지?"

"아."

다른 곳을 바라보던 설무린이 조자부에게 시선을 돌렸다. 그러더니 아무렇지 않다는 듯이 웃으면서 태연하게 대꾸했다.

"솔직히 말해서 다른 곳에 신경 쓰느라 어떤 걸 물으시는지 모르겠군요. 임 표두가 뭔가 했습니까?"

"하, 하하! 자네라는 사람은 시간이 지나면 지날수록 오히려 더 알 수가 없는 사람이야."

웃음을 터뜨린 조자부의 눈이 선두에 있는 임청우에게로
향했다.

애써 내색하지 않으려 하고 있지만 표정을 보아하니 분한
기색이 역력하다.

그리 떨어지지도 않은 거리라 분명 들을 수 있을 거라 생각
하고 꺼낸 말이었다. 그러한 사실을 설무린 또한 알고 있을
게다.

그런데도 불구하고 이 같은 대답이라니…….

상대를 긁으려고 마음먹지 않고서야 이럴 리가 없다.

처음부터 설무린과 북설을 이 일행에 넣자고 설득한 것은
조자부다. 그랬기에 임청우가 어떠한 마음으로 이 둘을 임시
표사로 합류시키기로 했는지도 안다.

수하로 두기는 했지만 오히려 부리기보다는 화만 쌓여가
는 임청우다.

그는 천성이 악한 사람이 아닌지라 남에게 해가 될 짓을 잘
하지 못한다. 오기로 지금까지 버티고는 있지만 능구렁이 같
은 설무린을 상대로 그가 무엇을 한단 말인가.

마차는 다시금 속도를 붙여서 목적지로 바삐 움직여 갔다.

저녁 식사 시간이 지나고 나서야 평량으로 향하던 추형표
국의 사람들이 멈추어 섰다. 최대한 많이 움직이기 위해 저녁
식사도 늦추면서 발걸음을 옮기기는 했지만 더는 무리라고

판단한 모양이다.

사람들은 익숙하게 야영을 할 장소를 만들기 시작했다.

말들을 한곳에 묶어놓고 온 임청우가 주변을 두리번거렸다.

"뭔가 먹기는 해야겠는데…… 딱히 식사를 마련할 방법이 없군. 이걸 어쩐다?"

며칠 동안 마을에 들르지 않은 탓에 식량이 바닥난 것이다. 약간의 비상식량이 남아 있기는 하지만 이곳에 있는 일행이 전부 배를 채울 정도는 아니었다.

그렇다면 사냥을 해야 하는데 그것도 좀 힘들다. 일행이 워낙 많은 탓에 적지 않은 수의 동물을 잡아야 하기 때문이다. 어떻게 해야 하나 고민하며 임청우가 입맛을 다실 때였다.

"임 표두님, 제가 일전에 이 근방에 표행을 지나간 적이 있어서 아는데 저쪽으로 조그마한 집 몇 채가 모여 있습니다. 그곳에 가서 식량을 조금 사 오는 게 어떻습니까? 어차피 저희들에게 남은 것도 있으니 합치면 얼추 나올 듯도 한데."

"오, 그래? 그렇게만 되면 다행이지. 부족하지 않게 사례하고 오도록 해라. 그렇다고 억지로 협박을 해서 받아와서는 절대 아니 된다."

"표두님, 제가 아무리 멍청해도 그렇지 설마 그러겠습니까?"

이 근방에 대해 알고 있는 표사가 믿으라는 듯이 가슴을 탕

탕 두드리며 말했다.

어차피 임청우 또한 농담조로 말한 것이기에 가볍게 웃으면서 넘겼다.

"어쨌든 식량을 받아오려면 너 혼자서는 무리고 대여섯 명은 가야 할 터인데……."

말을 하면서 일행들을 돌아보던 임청우의 눈에 가장 먼저 들어온 것은 역시나 설무린이었다. 다른 자들이 바삐 움직이는 와중에도 그는 여유있게 시간을 보내고 있었다.

그 모습이 보기 싫었던 임청우가 설무린을 불렀다.

"이봐, 다들 바쁘게 움직이는데 혼자 뭐 하는 거야?"

"하암, 피곤해서 잠시 쉬고 있습니다. 잠을 오래 잤더니 더 졸립군요."

하품을 하면서 능청스럽게 대꾸하는 설무린을 보면서 임청우는 어처구니없다는 표정을 지었다. 이 같은 말을 이토록 대놓고 말하는 자도 흔치 않을 게다.

"잔소리 말고 다른 표사들과 함께 근방에 가서 식량 좀 구해오도록 해. 저 여자도 데려가고."

"글쎄요…… 별로 내키지 않는데요."

"시키는 대로 해! 삼급표사면 표두의 명령을 하늘처럼 받들어야지! 당장 움직여!"

성이 나서 소리치는 임청우를 보면서 설무린이 살짝 고개를 저으면서 중얼거렸다.

“제가 가면 후회할 일이 벌어질지도 모르는데…….”

“후회는 무슨 후회! 당장 다녀오란 말이야!”

“뭐, 정 원하신다면.”

설무린이 수레에서 일어났다. 그가 일어나자 자연스럽게 북설 또한 옆으로 다가왔다. 임청우는 손가락으로 다섯 명을 더 짚으면서 말했다.

“다들 이 녀석을 따라가서 식량을 들고 와. 나머지 인원들은 짐을 정리하고 식사 준비를 하고 있을 테니까.”

“예!”

선출된 표사들과 쟁자수들이 고개를 숙였지만 여전히 설무린만은 예의 그 뜻 모를 미소를 지은 채 발걸음을 옮겼다.

잠시 멀어져 가는 그들의 뒷모습을 바라보던 임청우는 이내 남은 인원들을 통솔하여 식사 준비를 하기 시작했다. 사람이 많기에 필요한 것도 많지만 빠른 손놀림으로 추형표국의 인물들은 야영 준비를 끝마쳤다.

상황을 마무리하는 임청우의 옆으로 다가온 조자부가 추운 날씨 탓인지 오들오들 떨면서 말했다.

“날씨도 추운데 서둘러야겠습니다.”

“평량까지 도착하는 데 이제 기껏해야 열흘이면 충분할 거요. 그나마 겨울이 되기 전에 도착해서 다행인 것 같소.”

“꽤나 익숙한데도 야영은 왠지 모르게 적성에 안 맞아서 말입니다.”

“무인인 저도 힘든데 조 대인이야 오죽하겠소.”

무공도 익히지 않은 평범한 사람이 이 같은 추위에서 야영을 일삼는다는 것은 무척이나 고달픈 일이었다. 그럼에도 불구하고 조자부는 단 한 번도 그 같은 일에 대해 불만을 토로하거나 힘든 내색을 한 적이 없었다.

그런 그이기에 북경상단에서 지금의 위치에 오른 것이겠지만 말이다.

가만히 서서 식사를 준비하는 자들을 바라보던 임청우는 옆에서 들려오는 조자부의 목소리에 고개를 돌렸다.

“가슴이 서늘하군요.”

“아무래도 이제 곧 겨울이니 그럴 수밖에.”

“아니, 좀 설명하기 힘든데 뭐랄까, 뭔가 불길한 느낌이 드는군요.”

“갑자기 그게 무슨…….”

“아, 별거 아닙니다. 그냥 갑자기 불안한 느낌이 들어서 말입니다. 그저 한 장사꾼의 헛소리라고 보셔도 됩니다.”

“아무래도 조 대인의 신경이 예민해진 모양이오.”

“그런가 봅니다.”

아무렇지 않다는 듯이 조자부가 대답했다.

괜히 아무런 증거도 없이 불안해하는 모습을 보이기 싫어 말은 그리하였지만 조자부는 뭔가 느낌이 좋지 않았다. 그리고 이러한 느낌이 들 때는 종종 큰일이 벌어지곤 했다.

'내 예감이 틀리길 바랄 수밖에.'

가뜩이나 설무린과 북설이 없는 지금이다. 일이 벌어지려면 차라리 그 둘이 있을 때 일어나는 것이 낫다.

사실 조자부가 설무린과 북설을 일행에 넣은 것은 이유가 있어서다. 아무런 이유도 없이 의미없는 행동을 하는 것은 장사꾼이 아니다. 그들이 필요했기에 조자부는 다른 핑계로 그들을 무리에 넣었던 것이다.

조자부는 현재 북경상단 내에서 일어던 파벌 간의 싸움에서 무척이나 중요한 인물이다.

최근 그를 죽이려고 기회를 엿보던 상대편 파벌의 자들이 지금 이 기회를 놓칠 리가 없었다. 오로목제로 가는 길은 걱정하지 않았다. 추형표국 때문이 아니라 상단의 이름을 믿었기 때문이다.

비록 다른 파벌이라고는 해도 이번 거래는 제법 중요한 것이었다. 실패한다면 그것은 상단에도 큰 누가 된다. 그랬기에 상대들도 거래를 끝마칠 때까지는 자신을 건드리지 않을 거라는 확신이 있었다.

예상은 적중했다.

오로목제에서 거래를 끝마칠 때까지는 큰일이 벌어지지 않은 것이다. 하지만 돌아오는 길부터는 문제가 발생했다. 분명 그들이 자신을 죽이려 들 것을 조자부는 알고 있었다.

그랬기에 제법 강한 무인들을 구하려던 그다.

그러던 와중에 설무린과 북설을 만났다.

대놓고 무인을 구할 수 없는 입장이기에 둘과의 만남은 큰 행운이었다.

설무린이 북해빙궁의 인물이라는 말을 듣고 나서 조자부는 바로 이들을 무리에 합류시키기로 마음먹었다.

비록 설무린이 북해빙궁의 소궁주라는 것까지 알고 고용한 것은 아니지만, 북해빙궁이라는 이름만으로도 그들의 실력이 어느 곳에 놔둬도 빠지지 않는 자들일 거라는 확신이 생기는 건 당연했다.

거기다가 북설이 너무나도 수월하게 임청우를 제압하는 것도 확인했다.

이 정도라면 반드시라고 장담은 못하지만 나름대로 승산이 있다고 판단한 것이다.

'가만히 있을 놈들이 아니지. 분명 손을 쓰기는 썼고, 그리 여유도 있지 않을 터인데.'

가만히 서서 상념에 잠겨 있던 조자부가 누군가가 자신의 어깨를 가볍게 건드리자 정신을 차렸다.

"뭘 그리 넋을 놓고 있소? 추운데 저리 가서 불이나 쬡시다."

"그리하지요."

방금 전까지 고민하던 게 거짓말인 것마냥 그는 손을 비비면서 불가로 다가갔다.

이미 준비를 대부분 끝낸 다른 일행들도 불가 근처에 옹기종기 모여서 차가운 몸을 녹였다.

표사 하나가 불로 언 몸을 녹이면서 술 생각에 입맛을 다셨다.

"아, 이럴 때 뜨거운 화주(火酒) 한 잔만 했으면 더는 소원이 없겠수."

"젠장. 왜 그런 소리를 해가지고 가만히 있는 사람까지 군침 돌게 만들어, 이놈아!"

"먹고 싶은 것을 말하는 것도 죄요? 뭘 그리 타박하고 그러쇼."

투덜거리는 두 표사를 바라보던 임청우가 둘 사이에 나섰다.

"알겠다. 내가 이번 표행이 끝나면 네놈들이 마시고 싶어하는 술을 죽도록 마시게 해줄 터이니 그때까지만 참아라."

"지금 약속하신 거요, 표두님!"

"내가 그런 걸 속일까."

"으흐흐! 이거야 공짜 술 한번 거하게 얻어먹게 생겼네. 절로 엉덩이가 들썩거려집니다요."

장난스럽게 일어나서 춤을 추듯 덩실거리던 표사를 보면서 다른 자들이 모두 웃음을 터뜨렸다. 그 순간 무리 안에서 함께 웃고 있던 임청우의 얼굴이 갑자기 변했다.

"피햇!"

퍽!

“허억…….”

급하게 자리에서 일어나면서 손을 뻗었지만 이미 늦었다. 날아든 비수 하나가 춤을 추고 있던 표사의 등에 틀어박혔다. 너무나 급작스럽게 벌어진 일이라 그 사내가 쓰러질 때까지 다른 이들은 상황을 제대로 파악하지 못했다.

“이, 이익! 어떤 놈이냐!”

방금 전까지 쓰러진 사내와 가벼운 말다툼을 벌이던 표사가 분노를 토하며 자리에서 벌떡 일어났다.

허리춤에 차여 있던 검이 순식간에 모습을 드러내며 차가운 검광을 공중에 흩뿌렸다.

화가 난 그가 마구잡이로 움직이려고 할 때,

“경거망동하지 마!”

“하지만 표두님…….”

“시끄러! 만만한 놈들이 아니다. 잘못하면 전원 이곳에서 뼈를 묻어야 할지도 모른다.”

임청우가 딱딱하게 굳은 표정으로 말했다.

지금 이 자리에 있는 자 중에서 가장 강한 임청우가 그리 말하자 다른 이들 또한 잔뜩 긴장한 채 주변을 경계했다.

‘기척을 못 느꼈어. 비수가 다가올 때에야 그 소리를 듣고 파악했다. 젠장, 적어도 나보다 한 수 이상의 고수야. 제발 그 숫자가 많지 않아야 하는데…….’

바짝 귀를 세운 채로 조그만 소리에까지 모든 신경을 집중하던 임청우가 바람 소리를 듣고 바로 몸을 돌리면서 소리쳤다.

"뒤!"

파악을 해내기는 했지만 대처하기에는 부족하다.

다시 한 번 비수가 그의 수하 하나의 목숨을 앗아가 버렸다. 동시에 앞쪽에서도 비수 하나가 허공을 갈랐다. 분에 떨고 있던 임청우의 검이 다행스럽게도 정면에서 날아드는 비수를 막아내는 데 성공했다.

"모두 조 대인을 감싸라!"

당황하던 와중에도 그들은 일사불란하게 조자부를 지킬 대형을 짜냈다.

급하게 명령을 내린 임청우는 검을 들고 어둠 속을 노려봤다. 하지만 상대의 모습은 보이지 않았다.

'최소 둘 이상이야.'

하나라도 상대하기 힘든 마당에 적이 다수라는 생각이 들자 오금이 저려왔다.

쒜에엑!

다시금 들려오는 비수 소리.

이번에는 한 개가 아니다. 그리고 임청우 자신을 노린 것처럼 직접적으로 날아들었다.

그의 손이 꿈틀거리면서 가장 자신있어하는 검법을 펼쳤다.

유성처럼 검이 직선으로 뻗어져 나갔다. 쇳소리가 귓가를 어지럽혔다.

타타탕!

하지만 모두 쳐내지 못했다. 수많은 비수 중 몇 개가 그의 몸을 스치고 지나갔다.

쓰러지지는 않았지만 임청우의 표정이 좋지 못했다.

'치명타는 피했지만……'

아직 상대는 모습도 보이지 않은 상태다. 그런 상대의 일격을 완벽하게 막아낸 것도 아니고 간신히 치명상만 피할 정도라면 그 후의 일은 불 보듯 뻔하다.

불현듯 자신이 식량을 가져오라고 보냈던 설무린과 북설의 얼굴이 떠올랐다.

'젠장, 갑자기 왜 그 둘이 떠오르는 거야!'

임청우는 급히 자신의 생각을 부정했다.

지금은 개인적인 감상에 젖어 있을 때가 아니다. 자신이 조금만 잘못 움직이면 이곳에 있는 모두가 죽는다. 수많은 자들의 목숨이 자신의 손에 달려 있는 것이다.

'몇 명이 시간을 끌고 조 대인을 탈출시킨다면…… 무리야. 한 놈도 아니고, 지금 어디서 비수가 날아들지도 알 수 없는 노릇인데.'

갑작스러운 기습이지만 이들이 노리는 자가 조자부일 거라고 임청우는 거의 확신했다.

다시 한 번 앞쪽에서 마치 그물이 펼쳐지는 것마냥 사방으로 갈라지며 비수가 날아든다.

임청우는 감각에 의지해서 움직였다.

파앗!

다시금 몇 개의 비수가 온몸을 스치고 지나간다. 그리고 뒤쪽에서 몇 명의 비명 소리가 들려왔다.

"크악!"

"으으!"

다급하게 뒤로 고개를 돌린 그의 눈에 쓰러져 있는 수하들의 모습이 보였다. 다른 자가 뒤쪽에서도 마찬가지로 비수를 뿌린 모양이다.

단 일격에 네 명이나 되는 수하가 쓰러졌다.

이대로 몇 번의 공격이 더 가해진다면 이곳에 있는 모두가 죽는다.

상대에게 당하고 있는데 이쪽에서는 그것을 막아낼 방도가 없다. 속수무책으로 어둠 속에 있는 괴한들에게 목숨을 내줄 수밖에 없는 상황인 것이다.

"당장 나와라! 나와서 나랑 붙어보자, 이놈들!"

임청우가 그저 앞을 보면서 바락바락 소리를 질렀다. 하지만 돌아오는 대답은 없었다. 그저 혼자만의 발악에 가까운 고함일 뿐이었다.

그는 거칠게 숨을 쉬면서 손에 쥔 검을 꽉 잡았다. 이길 거라고 생각하는 건 아니지만 그냥 죽어주고 싶지도 않다. 다른 건 몰라도 부여받은 임무만은 수행해야 한다. 그리고 가능하다면 최대한으로 많은 수하들을 살리는 것이 표두가 해야 할 일인 것이다.

이 일행을 맡은 표두로서 방법을 만들어내야 한다.

하지만 어떻게!

다시 한 번 느껴지는 살기에 임청우가 방비를 하기 위해 움직이려고 할 때였다.

"손가락 하나라도 움직이면 잘라 버릴 테니까 움직이지들 마시죠. 어둠이 당신들을 가려준다고 생각하면 큰 착각이니까."

갑자기 들려오는 목소리에 임청우는 화들짝 놀라 시선을 돌렸다. 그곳에는 언제 나타났는지 모를 설무린이 서 있었다. 그런데 그토록 밉살스럽던 그가 임청우는 왠지 모르게 너무나 반가웠다.

설무린은 모르겠지만 적어도 북설은 임청우가 인정하는 고수였다. 그녀가 나타난다면 그나마 이 싸움에 희망이 생긴다.

거기다가 설무린이라는 작자가 어느 정도 수준 이상만 된다면 상대를 제압할 수 있을지도 모른다.

다시 한 번 느껴진 살기에 임청우가 움찔하는 순간 설무린이 어느 한곳을 향해 고개를 돌렸다. 그의 눈이 매섭게 그곳을 쏘아봤다.

"말한 것 같은데요, 어둠 속에 있으니 안 보일 거라고 생각하지 말라고."

일어나던 살기가 거짓말처럼 사라졌다.

설무린이 천천히 일행이 있는 쪽으로 다가왔다. 그가 임청우의 옆까지 오는 동안 적들은 단 한 번도 공격을 가해오지 않았다.

추형표국의 사람들이 있는 곳에 합류한 설무린이 힐끔 조자부를 바라봤다. 이러한 상황인데도 불구하고 그의 안색은 크게 변하지 않았다.

설무린이 조자부를 향해 말했다.

"이런 일이 있을 줄 알고 저보고 함께하자고 한 겁니까? 후후, 꽤나 영악하시군요."

"신세 좀 지지."

"어려운 일도 아니니 도와드리죠."

추형표국의 표사들을 가지고 놀던 상대를 어렵지도 않다고 말하는 설무린을 보며 임청우는 복잡한 표정을 지었다. 정말로 그럴 만한 실력이 있는 건지, 허풍인지 도통 감이 오지 않는다.

북설이 모습을 보이지 않자 그가 다급하게 물었다.

"그녀는 어디 있는가?"

"글쎄요, 어딘가에 있겠지요."

어물쩍 넘기면서 설무린이 앞으로 걸어갔다. 어둠 속에 모습을 감추고는 있지만 숨어 있는 자들의 위치는 이미 파악한 지 오래다.

임청우에게는 상대하기 힘든 자들이기겠지만 설무린에게는 전혀 그렇지 않았다.

북설 또한 몸을 감춘 채 뒤에 숨어 있는 자를 향해 다가가고 있을 게다.

상대는 두 명.

살수인지 은신술과 암기를 다루는 실력이 제법 괜찮다.

"계속 숨어 있을 생각이오? 그러다가 움직이기도 전에 죽을 텐데……."

대답 대신 날카로운 파공성이 터져 나왔다.

임청우를 궁지에 몰아넣었던 비수가 사방에서 덮쳐 왔다.

설무린은 기다렸다는 듯이 얼마 전에 새로 산 검을 뽑아 들었다.

촤라라락!

비수들이 칼끝에 걸리면서 사방으로 팅겨 나가 버렸다. 너무나 손쉽게 공격을 막아낸 설무린을 임청우가 놀란 표정으로 바라봤다.

마치 아이랑 장난이라도 치는 것마냥 공격을 막아내는 설무린의 실력에 완전히 넋이 나가 버린 것이다.

너무나 손쉽게 비수를 막아내자 어둠 속에 있던 살수가 천천히 모습을 드러냈다.

흑색 두건 때문에 외양을 알아보기는 힘들지만 제법 떡 벌어진 어깨를 한 자다. 두 자루의 소도를 들고 나타난 살수를 보면서 설무린이 히쭉 웃었다.

"그 큰 덩치로 숨어 있느라 고생이 많았소. 거 그러고 있기 불편했을 텐데 용케도 참고 있더군."

"네놈은 추형표국의 사람이 아닌 것 같은데."

살기가 묻어나는 목소리가 흑색 두건 속에서 흘러나왔다.

설무린은 살수의 말을 듣고 고개를 저었다.

"잠시기는 하지만 추형표국의 표사를 하고 있지."

"정체는?"

"말했잖소, 추형표국의 표사라고."

"진짜 정체를 묻는 거다."

"그거참, 귀가 막힌 사람이로군. 같은 말을 몇 번이나 하게 하는 거요?"

"…순순히 대답할 놈이 아니군."

양손에 들린 소도가 어깨 높이까지 올라갔다.

더는 이야기할 의사가 없는 듯한 상대의 행동에 설무린 또한 반겼다.

"나도 이야기를 길게 할 생각은 없었는데 잘됐군."

"괜한 싸움에 낀 것을 후회하게 될 거다."

"후회가 뭐요? 난 그런 거 모르거든."

타악!

말을 끝마치기가 무섭게 설무린의 몸이 허공을 가로질렀다. 기겁할 정도로 빠른 그의 움직임에 살수는 급하게 양손에 들린 소도를 움직였다.

샤샤샥!

바람을 가르면서 설무린이 베이는 것처럼 보였지만 그 공격을 너무나 수월하게 피해낸 설무린이다.

소도 한 자루가 그의 옆구리로 파고들었다.

차앙!

'지금!'

검이 허리춤으로 가 있는 지금이 기회라고 판단한 살수는 다른 손에 들린 소도로 설무린의 목을 그어버리려고 했다.

과정은 복잡해 보이지만 정말 찰나라고밖에 표현할 수 없는 짧은 시간 안에 벌어진 일이다.

그때 허깨비처럼 설무린의 몸이 사라졌다.

"헛!"

허공을 베는 순간 그는 직감적으로 뒤로 몸을 날렸다. 동시에 설무린의 검이 그의 허리를 양단할 듯이 다가왔다.

피하기는 했지만 설무린의 검은 그에게 큰 상처를 만들어내고 지나갔다.

살수는 급히 자신의 배를 손으로 부여잡았다.

불로 지지는 듯한 고통이 일순 아랫배에서부터 화끈하게

치고 올라왔다.

피가 손을 적신다.

하지만 그러한 상황에서도 흑색 두건 사이에서 드러나 있는 눈동자만은 여전히 빛났다. 그것은 숨어 있는 다른 동료 때문이었다.

'마지막 수를 쓰는 수밖에.'

상대가 강하다.

인정하기 싫지만 살수인 그는 냉정하면서도 빠르게 상황을 판단했다.

움직임만 막으면 된다. 자신이 잠시 사지를 붙잡아둘 수만 있다면 반대쪽에 숨어 있는 동료가 이자의 목숨을 취해갈 수 있을 게다.

막 그가 마음을 다잡고 움직이려고 할 때 설무린이 비웃음 가득한 얼굴로 말했다.

"설마 저쪽에 있는 동료를 믿고 어찌해 보겠다는 건 아니리라 믿소."

"……!"

핵심을 찌르는 설무린의 그 한마디에 살수는 잠시 머뭇거렸다.

그 모습에서 상대의 생각을 맞춘 것을 확인한 설무린이 모습을 감추고 있는 북설을 불렀다.

"북설!"

이름을 부르기가 무섭게 뒤쪽에서 한 여인이 모습을 나타냈다. 그녀는 시커먼 무엇인가를 들쳐 멘 채 설무린의 옆으로 다가왔다.

북설이 들쳐 메고 있는 시커먼 물체의 정체를 알아차린 살수는 움직일 수가 없었다. 그 시커먼 물체가 바로 그가 그토록 믿고 있던 자신의 동료였기 때문이다.

대체 언제!

아무런 소리도 듣지 못했다.

그 말은 곧 반항도 하지 못하고 제압당했다는 소리이기도 하다.

대체 이 두 남녀는 누구이기에 혈살방(血殺幇)의 일급살수인 자신들을 이토록 어린아이 다루듯이 한단 말인가.

현실로 닥쳤는데도 불구하고 믿기 어려운 상황인 것은 분명하다.

그는 결단을 내렸다.

상황이 이리된 이상 임무를 성공하는 것은 불가능하다. 임무를 수행하지 못하고 잡힐 바에는 죽음을 택한다.

그것이 혈살방의 규율(規律)!

가만히 서 있던 그가 갑자기 기침을 토해내더니 천천히 쓰러졌다. 무엇을 할 틈도 없이 입 안에 숨겨두었던 독단을 이용해서 바로 자결을 해버린 것이다.

설무린은 죽어버린 그를 무표정하게 내려다보다가 이내

북설이 들쳐 메고 있는 자를 향해 다가갔다.

"살아 있어?"

"예, 일부러 혈도를 제압해서 정신만 잃게 해두었습니다."

"좋아."

북설이 제압한 살수를 넘겨받은 설무린이 임청우에게 다가가 떠넘기듯이 그자를 맡겼다.

엉겁결에 살수를 넘겨받은 임청우는 애매한 표정을 지었다.

"임 표두가 알아서 하라는 겁니다. 어차피 저희와 원한이 있는 것도 아니고, 조 대인하고 이야기해서 알아서 하시죠."

"그, 그러지."

임청우가 더듬거리면서 대답했다. 제법 한가락하는 자일 것 같다고 생각은 했지만 이건 차이가 나도 너무나 심각할 정도로 났다.

자신들은 상대도 되지 않았던 살수들을 일격에 쓰러뜨렸다. 절정의 경지에 들어선 고수라는 소리다.

잠시 놀라 제대로 반응하지 못했던 임청우였지만 그 또한 산전수전(山戰水戰) 다 겪은 인물이었다. 그는 빠르게 주변 상황을 정리하기 시작했다.

죽은 시신들을 거두고, 부상자들을 치료하고 해야 할 일이 많다. 그가 급하게 수하들을 시켜 움직이게 했다.

상황이 대충 정리돼 가자 설무린이 조자부를 향해 다가갔다.

막 긴장을 풀던 설무린은 갑자기 끈적거리는 느낌에 기분이 꽉 상해 버렸다. 뭔가 불쾌한 기분이 들기 시작했다. 동시에 무엇인가가 그의 신경을 건드렸다.

'누군가 있다!'

꽤나 가까이 근접해 있는데도 알아차리지 못했다. 방금 그 두 명의 살수와는 비교조차 할 수 없는 높은 경지에 이른 자라는 소리다.

'…누군지 몰라도 조금 위험하겠군.'

설무린이 갑자기 멈췄다.

그와 동시에 북설 또한 알아차렸는지 허리에 있는 검에 손을 가져다 대면서 몸을 돌렸다.

둘을 곁눈질하고 있던 임청우는 그들의 갑작스러운 행동에 깜짝 놀랐다.

그렇지만 둘의 반응과는 달리 아무런 일도 벌어지지 않았다.

문제는 그럼에도 불구하고 이 둘의 행동이 전혀 변화가 없다는 것이다.

계속 침묵하고 있던 설무린이 입을 열었다.

"누군지 모르겠지만 그만 나오시죠."

第十章

낚시를 즐기는 노인

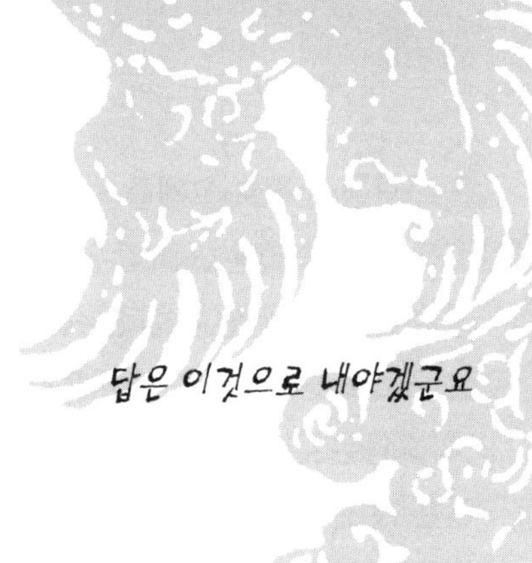

밑도 끝도 없어 보였던 설무린의 말이었지만 어둠 속에서 대답이 흘러나왔다.

"내가 있다는 걸 알아차리다니, 제법이로구나."

갑자기 들려오는 소리에 임청우는 다시 한 번 화들짝 놀랐다.

어둠 속에서 나이가 든 노인 하나가 걸어나왔다. 자신들을 노렸던 두 명의 살수와는 전혀 다른 느낌을 풍기고 있는 인물이었다.

마치 신선과도 같은 풍모를 지니고 있는 노인은 무림과는 거리가 멀어 보였다. 하지만 은연중에 몸에서 풍겨나는 기도는 사람들이 절로 고개를 숙이게 할 정도로 강인했다.

문제는 그러한 신선 같은 풍모와는 달리 몸에서는 지워지지 않는 혈향(血香)이 풍겼다는 것이다.

구토가 몰려올 정도로 지독하다.

"고약한 취미군요. 숨어서 사람을 엿보는 것은 그리 좋지 않은 것 같습니다만."

"애초부터 그러려던 게 아닌데 그리되어 버렸군."

설무린이 쓰러져 있는 살수를 바라보면서 혹시나 하며 물었다.

"저자들의 동료입니까?"

"날 저런 놈들과 같이 보면 곤란하지."

노인은 불쾌하다는 듯한 어조로 대답했다. 그리고 애초부터 이들과는 느껴지는 기운 자체가 달랐기에 설무린 또한 그리 생각하고 있던 터였다.

이 노인은 살수가 아니다.

하지만 살수보다 더욱 죽음에 가까운 자다.

단지 앞에 있는 것만으로도 온몸이 끈적거리는 것만 같은 불쾌감에 휩싸인다.

'얼마 전에 만났던 그 두 노괴보다 강해. 무림에 나와 최고의 적수군.'

인정할 수밖에 없다. 눈앞에 있는 노인은 북해빙궁에서 나온 이후 가장 강한 상대다.

설무린은 우선 이 노인이 누구를 노리는지부터 파악하기로 마음먹었다.

"그런데 노인장께서는 누구를 죽이러 온 겁니까?"

"누군가를 죽이러 온 것은 어찌 알았을꼬?"

"노인장의 몸에서 그처럼 짙은 피 냄새가 나는데 그걸 모를 리가 있습니까."

"제법 말재간이 있다고 들었는데 정말로 그런 모양이군."

"그 말은 제 목숨을 가지러 왔다는 걸로 들리는데……."

노인은 설무린에 대해 알고 있다. 그 말은 곧 설무린 자신을 죽이러 왔다는 소리와 일맥상통한다.

죽이러 온 자치고는 너무나 온순하게 노인이 말을 걸어왔다.

"네놈이 사혈괴마와 흑풍귀를 죽였다고 들었다. 사실이냐?"

노인의 말에 뒤쪽에서 갑작스레 벌어진 상황에 어찌 대처해야 할지 몰라 망설이던 임청우는 심장이 떨어질 정도로 놀라 버렸다.

사혈괴마와 흑풍귀?

어찌 그 이름을 모를 수 있단 말인가!

이름을 듣는 것만으로도 소름이 돋는 자들이다. 그런데 그러한 두 노괴를 설무린이 죽였단다. 믿을 수 없다는 듯이 임청우는 설무린의 대답을 기다렸다.

"잘못 들은 것 같지는 않군요."

"네놈이 그 둘을 죽인 걸 인정한단 말이렷다?"

"그쪽에서 먼저 시비를 걸어와서 싸운 것뿐이지만…… 뭐, 결과적으로는 그렇다고 해야지요."

설무린이 퉁명스레 응답했다.

노인이 게슴츠레 눈을 뜨고는 그를 위아래로 훑었다.

'제법 강단이 있어 보이는군.'

적잖이 재능이 있어 보이기는 하지만 그렇다고 해도 사혈괴마와 흑풍귀를 동시에 상대했다는 것은 믿을 수 없다.

자연스럽게 노인은 옆에 있는 북설도 함께 싸웠을 거라 짐작했다.

"내가 왜 왔는지는 눈치 챘을 것 같군."

"그 죽은 두 노인장의 복수를 하겠다고 왔겠죠. 안 그렇습니까?"

"맞아. 그런데도 불구하고 당당하군."

"노인장한테 질 것 같지는 않아서 말입니다."

"호, 흐흐! 정말 재미있는 놈이로군."

노인은 참지 못하고 웃음을 흘렸다. 비록 세월이 흐르기는 했지만 이런 핏덩어리 같은 놈에게 우습게 보일 정도로 가벼운 이름이 아니다.

"노부가 인육마(人肉魔)인데 들어는 봤는지 모르겠군."

"사람을 먹는 마귀라…… 그것참, 살벌한 별호를 지니고 있습니다.”

내심 자신의 별호를 들으면 놀랄 거라고 생각했던 인육마는 전혀 동요하지 않는 설무린의 태도에 당황스러우면서도 동시에 화가 치솟았다.

북해빙궁에서만 살던 설무린이 몇십 년 전 세상을 시끄럽게 했던 마두 중 하나인 그를 알기는 힘든 일이었다.

하지만 추형표국의 사람들은 달랐다.

심지어 언제나 냉정을 잃지 않기로 유명한 조자부조차도 놀라 아무런 말도 하지 못할 정도였다.

인육마!

사람을 잡아먹는다고 해서 붙여진 별호다.

특히 어린아이를 좋아해 한때 무림에서 공적으로 지명되어 추살령까지 내려졌었다. 죽었다고 소문이 난 자인데 그것이 아니었던 모양이다.

별호를 듣고 나면 놀랄 거라고 생각했다. 하지만 오히려 당사자인 설무린의 눈빛은 차갑게 변했다.

‘노인장은 반드시 죽어야겠어.’

정확하게 그 같은 별호가 지어진 이유야 알 수 없지만 대충알 것 같다.

그랬기에 설무린은 불쾌함에 치를 떨었다.

사람이 어찌 같은 사람을 잡아먹을 수 있단 말인가. 생각만해도 불쾌하다.

둘의 눈이 허공에서 부딪쳤다.

하지만 양쪽 모두 선공을 펼치거나 하진 않았다. 그때 인육마가 몸을 돌렸다. 그가 슬쩍 고개만 돌려 뒤에 있는 설무린을 향해 말했다.

"따라와."

말을 마친 인육마는 어딘가를 향해 움직였다.

뭔가 함정이 있을 수도 있는 상황인데도 불구하고 설무린은 일말의 망설임도 가지지 않았다.

"잠시만 기다리시죠. 곧 끝내고 돌아오겠습니다."

"이, 이봐! 저자는 위험해."

"표두님께서 제 걱정을 할 줄은 몰랐군요."

"장난이 아니야! 정말로 위험한 자야!"

설무린이 장난기있게 받아치자 임청우가 버럭 소리쳤다. 하지만 그것이 결코 화가 나서가 아니라 진심으로 그를 걱정했기에 하는 말임을 알고 있다.

설무린의 말투에서 장난기가 걷혔다.

"위험한 걸로 치면…… 저 또한 지지 않습니다."

그 한마디에 일순 임청우는 할 말을 잃었다. 이내 그는 푸념하는 듯이 말을 풀어놓았다.

"젠장! 넌 너무 제멋대로야."

"그게 천성인 걸 어쩝니까. 더 이야기를 나누면 놓칠 것 같으니 이만 쫓아가 보도록 하겠습니다. 아, 음식들 슬슬 준비해 두서야 될 겁니다, 금방 끝내고 올 테니까."

한때 무림을 시끄럽게 했던 마두 중 하나를 상대해야 함에도 불구하고 설무린의 행동은 마치 장터에 뭔가를 사러 나가는 사람처럼 편안해 보였다. 그런데 왠지 모르게 그것이 설무린답다는 생각이 드는 것은 왜일까.

"네 말대로 음식을 준비해 두지."

"이제야 말이 통하는군요."

설무린이 임청우를 바라보며 씨익 웃더니 그대로 인육마가 사라진 쪽으로 걸음을 옮겼다.

인육마는 내심 흥분한 상태였다.

'제법 싸울 만한 상대야. 거기다가 계집도 제법 강하니 더더욱 구미가 당기는군.'

인육마는 죽은 두 노괴를 위해 십 년가량을 지내던 거처를 박차고 무림에 나왔다.

설무린이 이동하는 경로를 수시로 전해 들으면서 급하게 쫓았다.

다행히도 움직임이 더디었기에 꽤나 빠르게 쫓아올 수 있었다.

막 설무린이 있다는 추형표국의 행렬을 발견했지만 이미 그때는 먼저 찾아온 두 명의 손님과 대치하는 상태였다.

귀찮은 놈들 때문에 시간이 지체될지도 모른다 생각해서

먼저 손을 쓰려고 했지만 이내 설무린이 나타나는 걸 보고는
움직임을 멈췄다.

모습을 감춘 채로 설무린의 무위를 감상했다.

상대의 수준이 설무린의 발끝에도 미치지 못해 별반 대단
한 것을 보지는 못했지만 그래도 어렴풋이나마 상대의 실력
을 파악해 냈다.

그때부터 인육마의 심장은 두근거리기 시작했다. 오랜만
에 싸움다운 싸움을 해볼 것 같다는 생각이 들었기 때문이다.

애써 끓어오르는 피를 삭이면서 인육마가 고개를 저었다.

'안 되지.'

예전의 그는 낚시와는 아주 거리가 먼 자였다. 그렇지만 지
금은 낚싯대를 손에서 놓고 살기 힘들 정도로 낚시가 인생이
되어버렸다.

인육마는 마공을 익혔다. 혈마수라공(血魔修羅功)이라는
금지된 마공을.

너무나 살기가 짙은 마공인지라 흥분을 하게 되면 서서히
정신을 잃게 되어버린다.

그때부터는 반미치광이가 되어 이성을 상실하게 된다. 그
탓에 사람의 시체까지 뜯어 먹어 인육마라는 별호를 가지게
됐다.

그러한 그의 마공을 억누르기 위해 오랜 시간 인육마는 낚
시를 즐겼다.

처음엔 이게 뭐가 도움이 될까 했지만 오랜 시간이 흐르자 제법 감정을 조절하는 것이 가능해졌다. 치료를 하기 위해 행했던 것이 이제는 단 하나뿐인 취미가 되어버렸다.

일각가량을 걷던 그가 멈춘 곳은 한 계곡 앞에서였다.

계곡 앞에 멈춘 인육마가 품 안에서 팔뚝만 한 얇은 몽둥이를 꺼낸다 싶더니 이내 그것이 낚싯대로 변했다.

그가 자리를 펴고 앉아 줄도 없는 낚싯대를 계곡으로 드리웠다.

뒤에서 인육마를 쫓아왔던 설무린으로서는 그의 이 행동에 묘한 표정을 지었다.

아무런 말도 하지 않고 서 있는 설무린을 향해 인육마가 말했다.

"낚시를 좋아하는지 모르겠군."

"기다리는 걸 싫어해서 그리 좋아한다고 말은 못하겠군요."

"난 낚시를 아주 좋아하지. 특히 낚아챌 때의 이 손맛은 도저히 말로 표현 못하겠단 말이야."

인육마가 천천히 자리에서 일어나 몸을 돌렸다. 그의 몸에서 검은색 기류가 솟구쳐 오르기 시작했다.

그가 익힌 마공이 서서히 꿈틀댔다.

지독한 살기가 사방으로 쏟아져 나온다. 숨이 막힐 정도의 살기다.

"북설, 물러서."

설무린의 명령에 반걸음 뒤에 서 있던 북설이 더욱 거리를 벌렸다. 그토록 지독한 살기도 설무린의 얼굴에 드리워진 여유를 거둬내지는 못했다.

비웃음 가득한 얼굴로 인육마가 입을 열었다.

"내가 손맛을 느낄 수 있게 최대한 꿈틀거려 줬으면 좋겠군."

"미안하지만 노인장이 나를 잡지는 못할 거요. 난 당신이 잡기에는 너무 커다랗거든."

놀리는 듯한 말투가 계속해서 신경에 거슬렸다. 인육마의 몸을 감싸고 있던 흑색 기류가 폭발했다.

"네 그 건방진 주둥이부터 찢어줘야겠구나!"

흑색 기류는 손에 들려져 있는 낚싯대로 몰려들었다. 아니, 그것은 이미 낚싯대라고 부를 수 있는 수준의 것이 아니었다. 당장이라도 설무린의 목숨을 앗아갈 무서운 병기가 되어 있었다.

파라락!

낚싯줄이 매섭게 휘날리다가 끊어졌다. 남은 것은 낚싯대뿐.

'귀찮겠군.'

설무린은 낚싯대를 보면서 슬쩍 뒤로 반걸음 물러났다. 간격을 확인하기 위해서다.

보통 낚싯대는 아닐 게다. 지금 인육마의 내력이 쏟아지고 있는데도 불구하고 너무나 멀쩡하다. 보통의 낚싯대로는 결코 불가능하다.

가장 문제가 되는 것은 낚싯대의 간격이다.

창보다 길다. 그리고 낭창낭창 휘는 특징을 가지고 있다. 인육마가 마음만 먹는다면 어느 때는 창처럼 곤두설 것이고, 또 연검처럼 휠 수도 있을 게다.

한마디로 변화무쌍한 병기다.

더군다나 상대의 실력은 결코 사혈괴마와 흑풍귀보다 높으면 높았지 모자라지 않는다.

촤악!

순간 낚싯대가 날카롭게 허공을 베었다. 설무린은 뒤로 급히 발을 움직였다. 동시에 낚싯대가 그의 가슴을 스치듯이 지나갔다.

날카로운 검은색 기류가 사방을 뒤덮었다.

파앙!

폭약이 터지는 것마냥 주변이 터져 나갔다. 그렇지만 설무린은 아슬아슬하게 그 반경에서 벗어났다. 공격이 펼쳐지기 전에 반보쯤 물러서지 않았다면 치명상을 입었을 게다.

단 일 격에 치명상을 주려고 했던 인육마는 공격이 무위로 돌아가자 반보 뒤로 물러섰던 설무린의 행동이 계산된 것임을 알아차렸다.

'이놈 봐라?'

설무린이 검을 뽑아 들었다.

묵빛 검에서 퍼져 나온 차가운 냉기가 순식간에 사방으로 잠식해 들어갔다.

'이것이 북해빙궁의 무공이로군.'

북해빙궁의 무인은 만나기가 어렵다. 그들은 북해빙궁이라는 자신들의 성에서 잘 나오지 않기 때문이다. 수많은 무인들과 싸워본 인육마가 북해빙궁의 무공이 생소한 것은 그 때문이었다.

실제로 중원에서 새외삼궁의 무인들과 만나는 것은 무척이나 드문 경우다.

더군다나 북해빙궁은 더더욱 그러하다.

인육마의 내공을 받은 낚싯대가 이제는 창처럼 꼿꼿하게 섰다.

슉슉.

매섭게 바람을 가르며 그의 낚싯대의 끝이 흔들거린다.

매처럼 날카로운 눈으로 기회를 엿보던 인육마의 손이 먼저 움직였다.

차앙!

번개처럼 빠른 찌르기가 들어갔지만 설무린 또한 검으로 막아냈다. 동시에 능숙하게 바짝 몸을 붙이며 인육마는 발로 대퇴부(大腿部)를 걷어찼다.

설무린은 그대로 발을 들어올리며 날아드는 그의 공격을 받아냈다.

동시에 그는 비어버린 상체를 향해 빠르게 육장을 휘둘렀다.

파악!

날아드는 손을 인육마가 자신의 손바닥을 내밀어 잡아챘다. 둘은 그렇게 병기는 병기끼리, 손은 손끼리 맞댄 채로 서로 두 눈에 힘을 줬다.

"…어린 놈이 제법이구나."

"노인장도 나이 먹은 것치고는 아직 팔팔하군요."

가벼이 대화를 하고 있는 것 같지만 그 뒤에서는 지금 엄청난 힘 싸움이 계속되고 있었다. 맞잡은 양쪽 모두의 손등에 핏줄이 솟구쳤다.

노인의 손바닥을 통해 사이한 기운이 흘러들어 왔다. 혈마수라공이라는 마공을 익힌 탓에 그의 힘은 치명적이었다.

설무린은 입술을 꽉 깨물었다.

상대가 마공을 익혔다는 것은 어렴풋이 느끼고 있던 바다.

'북해의 무공은 약하지 않다.'

그러나 설무린 또한 빙백신공을 이용해 인육마의 힘을 밀어내기 시작했다. 둘의 힘이 정면으로 충돌하면서 어마어마한 충격파가 사방으로 밀려 나갔다.

화아악!

폭풍이 몰아쳤다. 자그마한 돌들은 그 위력을 견디지 못하고 박살이 나거나 멀리로 날아갔다.

타닥, 타닥.

멀리 서 있는 북설조차도 몸이 저릿저릿할 정도였다.

그녀는 내심 걱정스러운 표정으로 둘의 싸움을 지켜봤다. 아직 겉으로 보기에는 큰 충돌이 없었다. 하지만 북설은 지금 둘의 저 행동 하나하나가 서로의 목숨을 앗아갈 수 있을 정도의 싸움이라는 것을 안다.

콰앙!

굉음과 함께 둘의 몸이 동시에 밀려났다.

북설의 시선이 둘에게 박혔다. 과연 손해를 본 쪽은 누구일까?

꾹 다물고 있던 설무린의 입에서 주르륵 피가 흘러내렸다. 애써 다스리려고 했지만 내상이 꽤나 큰 모양이다. 동시에 인육마의 입에서도 피가 터져 나왔다.

누가 더 나은지는 모른다. 하지만 분명한 것은 둘 모두 내상을 입었다는 거다.

한 사발에 가까운 피를 뿜어낸 인육마의 수염이 붉은색으로 물들었다.

그가 노기에 차서 부들부들 떨었다.

상대는 그리 나이도 많지 않은 놈이다.

북해빙궁의 소궁주라고 해도 나이가 서너 배 차이다. 무림에 몸을 담은 지 오십 년이 훌쩍 넘는 시간이 흘렀지만 이같이 수치스러웠던 적은 단 한 번도 없었다.

"건방진……!"

평범한 낚싯대로 돌아갔던 인육마의 병기가 다시금 날카로운 강기에 휩싸였다. 검은색 기운이 감싸인 낚싯대는 마병(魔兵)을 연상케 할 정도로 요사스러웠다.

"퉤."

설무린은 입 안에 고여 있던 피를 뱉어냈다. 소매로 입가를 슥슥 닦아내며 그는 검을 든 손을 올렸다.

내공으로 싸워서는 안 된다.

빙백신공이 대단한 신공이기는 하지만 살아온 세월이 다르다. 잘못하다가는 양패구상(兩敗俱傷)의 곤경에 처하게 될지도 모르기 때문이다.

둘 사이에 차가운 바람이 한줄기 불었다.

바람이 스쳐 지나가는 것과 동시에 둘은 약속이라도 한 것처럼 서로를 향해 달려나갔다.

먼저 선공을 날린 것은 장병의 유리함을 지닌 인육마였다.

거리를 좁혀오면서 휘두르자 예상보다 더욱 빠르게 낚싯대가 설무린의 안면을 노리고 날아들었다. 그대로 받는다면 얼굴이 박살 날지도 모를 정도의 어마어마한 일격이다.

설무린이 뒤로 반보쯤 물러섰다.

그 모습에 인육마는 일순 당황하면서도 승리의 예감이 번

개처럼 머리를 스치고 지나갔다.

뒤로 물러선다는 것은 재차 공격할 기회를 준다는 소리다.

어리석은 짓이다. 반보 물러난다고 해서 해결될 일이 아니지 않은가.

오히려 그 같은 행동이 설무린을 곤경에 빠뜨릴 거라 인육마는 믿어 의심치 않았다. 예상보다 쉽게 싸움이 끝나겠거니 생각했던 그는 이어지는 상황에 놀람을 금치 못했다.

몰아치듯이 다가가던 자신을 향해 설무린의 몸이 갑자기 다가온 것이다.

'이런!'

분명 인육마의 손에 들린 낚싯대는 대단한 병기다. 장병이라는 특징답게 먼 거리에서도 공격이 가능하다. 거기다가 길다고 해서 그 강도가 결코 떨어지는 것도 아니다.

문제는 이처럼 거리가 좁혀졌을 때다.

장병이니만큼 움직이기가 상당히 불리하다.

설무린이 기회를 엿보다 펼친 운보와 격보가 기가 막히게 먹혀들어 가는 듯했다.

놀란 표정을 짓던 인육마의 입꼬리가 슬쩍 비틀렸다.

억지로 웃음을 참는 느낌.

가슴을 베려고 달려들던 설무린은 자신의 예감을 믿었다. 그는 검을 거두면서 고개를 숙였다.

파아악!

뭔가가 맹렬하게 머리 위를 스치고 지나갔다. 피한다고 피했지만 완벽하지 못했다. 무언가가 설무린의 어깨를 베고 지나간 것이다.

부상을 입은 것을 확인도 하지 않고 설무린은 무작정 거리를 벌렸다. 적당히 거리를 벌린 후에야 그는 자신의 어깨를 살필 수 있었다.

살점이 뭉텅 떨어져 나갔다고 할 정도의 상처다.

장병의 불리함을 이용해서 파고들었는데 낚싯대를 휘둘러서 자신을 벴다.

어떻게!

"대단하군. 보고 피한 게 아니라 감으로 느끼고 피한 것 같은데……."

어깨에 낚싯대를 슬쩍 걸친 인육마가 여유있는 어투로 말했다. 설무린은 그의 말은 신경 쓰지 않고 낚싯대를 바라봤다.

가만히 있던 설무린이 뭔가를 알아차렸다.

"낚싯대의 길이가 줄어들었군!"

"낚싯대라는 게 칸마다 줄어드는 법이지. 큭큭! 그래도 용케 알아차렸군. 다른 놈들은 알아차리기도 전에 전부들 죽고는 하던데 말이야."

가장 아래쪽의 낚싯대 한 칸이 위로 밀려 올라가면서 그 길이가 확 하니 줄어든 것이다. 상상도 하지 못했기에 피하기 어려운 공격을 당했다.

설무린은 부상을 입은 왼쪽 어깨를 바라봤다.

피가 계속해서 나는 것이 작지 않은 부상이다. 하지만 그는 아무렇지 않다는 듯이 검을 들었다.

그런 설무린을 보며 인육마가 비웃음을 흘렸다.

저 정도의 상처라면 거의 왼손은 쓰지 못한다고 봐야 한다. 그 상태로 자신과 싸우겠다고?

우습지도 않은 소리다.

"그만 저 계집하고 바꾸지 그러느냐."

"후후, 굳이 그럴 필요까지는 없을 것 같군요. 노인장이 절 이길 거라고 생각되지는 않으니까요."

"뭘 믿고 아직까지 자신만만해하는지 모르겠군. 그리고 내가 죽이러 온 것은 너만이 아니다. 난 사혈괴마와 흑풍귀의 복수를 해야 하거든. 네가 죽인 게 누구냐? 사혈괴마냐 흑풍귀냐?"

설무린이 단신으로 둘 모두를 제압했을 거라고 생각하지 않았으니 그 같은 질문을 던진 게다. 그러자 설무린이 히죽 웃으면서 대답했다.

"그 둘 모두 나한테 죽었는데."

"미친놈. 아직까지 나랑 농담할 여력이 남아 있느냐?"

"글쎄요. 농담을 하는 건지 아니면 노인장이 잘못 안 건지는 곧 알게 될 일이지요!"

분명 강한 상대다.

하지만 질 거라는 생각은 들지 않는다.

부상을 입었음에도 마음이 조급하지 않다. 오히려 차분하게 가라앉는다.

우웅!

귓가로 검명이 들려오는 듯하다.

큰 부상을 입고도 너무나 담담해 보이는 설무린의 태도가 인육마의 신경을 건드렸다.

그가 살기를 쏟아냈다.

“다 잡은 물고기가 바동거리는 모습은 추할 뿐이지! 이만 죽어랏!”

혈마수라공의 영향으로 그의 몸에서 다시 한 번 사방으로 검은색 기운이 폭발하듯이 터져 나갔다.

한데, 검을 들고 있는 설무린이 기분 좋게 웃고 있었다.

『빙마전설』 4권에서 계속…